文春文庫

耳袋秘帖

佃島渡し船殺人事件

風野真知雄

文藝春秋

耳袋秘帖　佃島渡し船殺人事件●目次

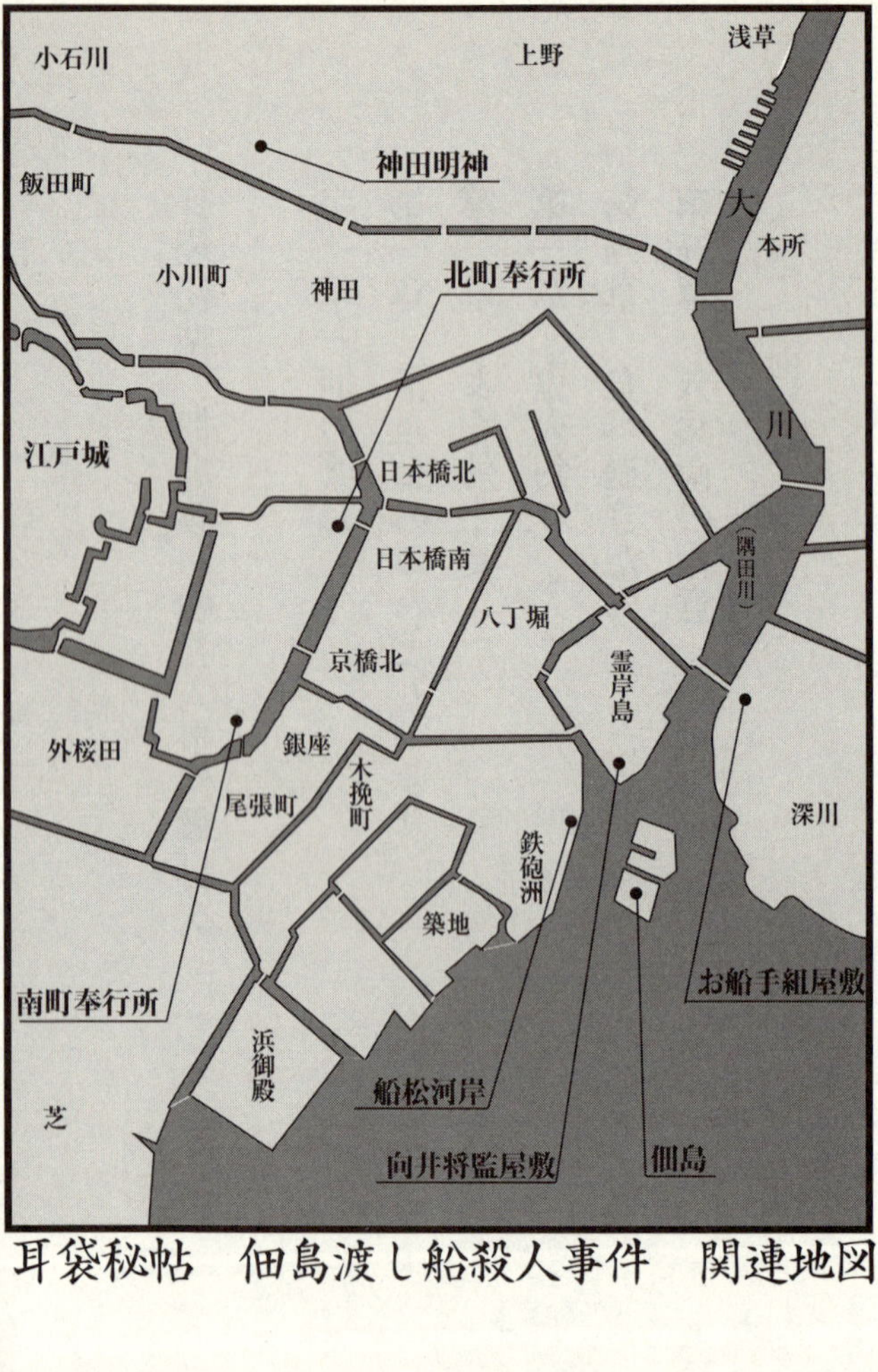

耳袋秘帖　佃島渡し船殺人事件　関連地図

耳袋秘帖

佃島渡し船殺人事件

序章　佃の渡し

一

　お英《えい》は大川の河口に浮かぶ佃島《つくだじま》に来ていた。

　この前、初めてこの島に来たときは、景色どころではなかった。今日はゆっくり島を一周し、いまは住吉神社の境内に並ぶ茶店でお汁粉を食べていた。ずいぶん薄いお汁粉だったが、冷え切った身体にはおいしかった。

　師走も半ばである。神社では神主たちが正月の準備を始めているらしく、注連縄《しめなわ》の材料などを裏のほうに運び込むのが見えた。

　佃島は小さな島だった。対岸から見ると、隣の石川島《いしかわじま》といっしょになってそう小さくは見えないが、渡ってしまうと島の端から端まで女の足でも駆け抜けられるくらいの広さしかなかった。

だが、この島には、江戸のほかの町では見たことのない景色があった。

島の真ん中に搗《つ》き米屋と鍛冶屋と炭屋があるくらいで、あとのほとんどは漁師の家らしい。江戸市中は茅葺きの屋根はほとんど見かけないが、ここでは屋根はすべて茅葺きである。

その茅葺き屋根の家がびっしり立ち並んでいる。長屋はほとんどない。一戸建ての小さな家が、わずかな路地を隔てて、行列のようになっている。路地には網や桶が干され、人が通るときは身体を斜めにしたり、跨《また》いだりしなければならなかった。

「渡し船はまだ大丈夫でしょうか？」

と、お英は茶店のおかみさんに訊いた。

「大丈夫だよ。暮れ六つ（午後五時ごろ）の少し前に出るやつがあるから。それに、船を出すぞって呼ぶ声がここまで聞こえるからね」

火鉢を足元に置いてくれたのでそう寒くはない。

ぼんやり亡くなった弟のことを考えた。

――まだ十八で、自ら命を断ってしまった……。

かわいそうだった。もっとあの子のことをわかってあげなければならなかった。

傷つきやすく、なんでも考え過ぎてしまう性格だった。家を継ぐという覚悟を持ったことが、重荷になっていたに違いない。父母が生きていたら、あの子の支えになってくれただろうに、わたしが未熟なばかりに……。

お頭は婿を取って、宮原《みやはら》の家を継いでもらえと言ってくれている。だが、嫌な人とそんなことになるなら、あの役宅を出て、町人地で暮らそうかと思っている。手習いでも教えながら細々と暮らすくらいならやっていけそうである。

水主《かこ》同心の株を売ってやるという話も親戚筋からきている。いままでは、そんなこと考えもしなかった。だが、お金さえあれば町人が武士になることもできるし、逆に武士が町人にだってなれるらしかった。

十年前――。まだ、父も母も生きていたころ、自分がこんなふうな境遇になるなんて夢にも思わなかった。嫁に行くことはあっても、家族四人の絆はずっとつづいていくものと疑わなかった。だが、人の世というのは、なんともろく、はかないものだろうか。

誰かが何か叫んでいる。

――あ、いけない。

お英はあわてて立ち上がった。つい、長居してしまった。

「船を出すぞ」

という声が聞こえていた。

渡し場に来てみると、さっき会っていた仙太《せんた》が船に乗り込もうとしているところだった。

「あ、まだ、いらっしゃったんですか」

仙太は驚いたようにお英を見た。すこし非難するような調子もあって、お英は意外な気がした。

「はい。最後の渡しに間に合うと聞きましたので、つい、ゆっくりしてしまいました」

仙太は急いでこっちにやって来ると、お英をわきのほうに連れて行きながら、

「これは乗らねえほうがいい。船頭がド素人でかなり揺れますから」

と、小声で言った。

「わたしは大丈夫ですよ」

お英は船酔いなどしたことがない。そもそも水が大好きで、子どものころから男の子に混じって、大川で泳いだりもしていた。両親からも、弟と逆だったらよかったとよく言われたものだった。

「いや、いけねえ。ちっと、待ってください。別の舟で近くまで送らせますから」

仙太はすぐに近所の知り合いと話をつけたらしく、お英はなかば無理やり、そち

らに引っ張られた。

そのとき、ちらりと船の中に知った顔があるのが目にとまった。

お船手組の御座船《ござふね》同心をなさっているお方ではないか。

――たしか、古川克蔵《ふるかわかつぞう》さま。

古川もちらりとこっちを見た。

なにかいけないものでも見てしまった気がして、お英は慌てて顔をそむけたのだった。

二

佃島から対岸の船松河岸《ふなまつがし》に渡し船が向かった。

夕陽が川面を染めて、客たちはぼんやり茜色のきらめきを見やっていた。誰もが無言だった。

この刻限になると、佃島から対岸に渡る客はそう多くない。それでも十人ほどが乗っていた。

師走《しわす》の冷たい風が川面を流れていた。

あと半月で一年が終わろうとしている。厳しく辛い一年であった者もいれば、意外に幸せに満ちた一年だった者もいてもおかしくはない。だが、風になぶられる客たちの表情は、いずれもひどく強張ったものに見えていた。

ふいに上流から屋形船が凄い速度で迫ってきた。

「おい、なんだ、あの船は。あぶねえぞ」

客の一人が立ち上がりかけた。

「止まれ」

船頭が手を振って怒鳴った。

だが、屋形船に人の姿は見えない。

「駄目だ。ぶつかる!」

屋形船は、渡し船の横っ腹に突っ込んだ。

「わぁーっ」

渡し船の乗客は、船頭ともどもその衝撃で水中に転がり落ちた。どうにかしがみついた客も、船が横転したため、やはり水中に放り出された。師走半ばの水である。冷たさに全身が締めつけられたようになる。

凄まじい音や悲鳴が一帯に響き渡った。

近くにいた漁師の舟や猪牙舟《ちょきぶね》が急いで救助に駆けつけた。

「た、助けてくれ」

「ほら、捕まれ」

「こっちも助けて」

「女、子どもはいないか！」

「女も子どももいなかった」

それは不幸中の幸いだった。

救出が始まるまで、そう長い時間はかかっていないはずだった。どうにか助け上げられた客もいた。だが、すでに亡くなってしまった客もいた。水面にうつぶせに浮かんで、ぴくりともしなかった。

「なんで転覆したんだ？」

「屋形船がいきなりぶつかって来たんだ。あれ？」

ぶつかった屋形船は誰一人、救助しようとせず、いなくなっていた。

三

佃の渡しは、お船手組の船見番所からもすぐのところである。江戸湾に入ってくる船を監視するのが役目だから、絶えずこっちのほうを見ている。渡し船が転覆したのはすぐに見つけ、水主同心たちは急いで駆けつけて来た。ただ、救助は漁師たちのほうが早かった。

「医者は呼んだか」

「いま、行ってます」

「水を吐かせろ」

「これは？」

横たわった人の腹に手を当てた者は首をかしげた。ようすがおかしいのである。

胸から血が流れていた。

それも一人だけではない。

まもなくお船手奉行の向井将監《むかいしようげん》もやって来て、難しい顔になった。

「これはおそらく単なる水の事故ではないぞ。町方の手を借りるべき事態であろう」

河岸に遺体が四つ並べられていた。

明らかに溺死と思われるのは一人だけなのである。それは六十から七十くらいの町人だった。漁師ほどには日焼けしておらず、身なりは貧しげでもなかった。

ほかの三人は武士と町人と漁師らしき風体の者で、いずれも胸に刺し傷のようなものがあった。

助け上げられたのは三人。急いで焚かれた火の前で身体を震わせている。

「ほかは？」

と、向井将監が水主同心の一人に訊いた。

「まだ見つかっていません」

「全部で何人いたのだ？」

「それもはっきりわかりません。ただ、不思議な話が」

「なんだ？」

「何人かが、沖のほうへ泳いでいったらしいと言う者が」

それは救助に駆けつけた者が見ていたことだった。「早く舟に乗れ」と呼びかけたのに、聞こえたのか聞こえなかったのか、必死に沖のほうや上流へと消えて行ったというのである。一人ではなく、何人かが。

生き残った者に訊いてもはっきりしない。日も暮れかけ、だいぶ暗くなっていたので、仕方がないだろう。

やがて、町方から急遽、同心たちが駆けつけてきた。

最初に到着したのは、南町奉行所の同心栗田次郎左衛門《くりたじろうざえもん》と、奉行の根岸肥前守《ねぎしひぜんのかみ》の家来坂巻弥三郎《さかまきやさぶろう》だった。

「ちと、遺体のようすが変なのです」

町方同心の見る目をあてにしたように、お船手組の同心が言った。

「なんですって」

栗田と坂巻は遺体の前に座った。

遺体の胸を開けて傷口を見た栗田が言った。

「ああ、これは殺しですな。間違いありません」

「歳の暮れだというのになんてことだろう」

坂巻弥三郎が悲しげにつぶやいた。

第一章　清正公のふんどし

一

渋谷《しぶや》宮益坂《みやますざか》に住む岡っ引きの久助《きゅうすけ》が、南町奉行根岸肥前守鎮衛《ねぎしひぜんのかみやすもり》のところに顔を出したのは、ちょうど渡し船転覆の報を受けて、栗田《くりた》と坂巻《さかまき》が飛び出して行ったときだった。

「いま、栗田さまと坂巻さまが凄い勢いで出て行かれましたが、何か大事でも起きたのですか？」

「うむ、水難事故らしい。水の冷たいときに」

と、一瞬、根岸は眉を曇らせたが、

「どうした、久助？　暮れの忙しいときに。いまは稼ぎどきであろう？」

と、訊いた。

「それがそうでもございません。暮れは何かと忙しくて、のんびり幇間《ほうかん》にお世辞を言わせて遊ぼうなどというお方は少ないのでございます」

久助は幇間のかたわら岡っ引きをしているという変わり種である。それだけに、酒の席の噂や花柳界のできごとなどにはやたらとくわしい。

「なるほど。そういうものか。では、何か面白いことでもあったか？」

「はい。木挽町《こびきちょう》の見世物小屋に薄汚れた反物が出ていまして、なんでもそれは清正公《せいしょうこう》のふんどしなんだそうです」

「あっはっは。清正公のふんどしとな」

加藤清正《かとうきよまさ》公の遺物は世に多いし、根岸も『耳袋』に書いたりした。

『耳袋』というのは、根岸が佐渡《さど》奉行になったころから書き始めた随筆集のようなもので、巷の不思議なできごとなどをつづっている。これを友人たちに見せたりするうち、写本まで出回るようになった。このため、差しさわりのある話は書かないようにして、そちらは秘帖版としたほうだけに書いている。こっちは、根岸本人以外、誰も知らない。

その清正公の記事は次のような一文である。

……肥後《ひご》の熊本《くまもと》には、加藤清正の廟があり、その像も飾られている。熊本の領主である細川《ほそかわ》家でも厚く尊敬していて、廟には僧侶もおり、ときどきは供膳香華もされていた。

あるとき、その僧侶が膳を供えて宿坊のほうに下ろうとしたが、ふと足を止めて、

――そういえば、清正公の像の覆いにネズミが齧ったような痕が……。

と、思い出した。膳を置きっぱなしにしておいたら、ネズミが出てきて悪さをするのではないか。

一瞬、もどろうとしたが、

――いやいや、清正公といえば無双の豪勇を異国にまで轟《とどろ》かせたお人。ネズミも畏れて害をなすことなどはあるまい。

そう思い直した。

宿坊にもどってしばらく経ち、膳を片づけてくるかと、僧侶はふたたび廟にもどった。

すると、膳のあたりが血に染まっているではないか。

「これは」

目を凝らすと、なんと膳の上に大きなネズミが五寸釘で身体を貫かれ、死んでいたのである。

「清正公がお怒りに……」

僧侶は気絶せんばかりにびっくりして、膳の片づけもしないまま、宿坊まで逃げ

もどった。

この話を聞くと、ほかの僧侶が廟までもどり、膳の後片づけをして、周囲を清めたのだった。

加藤清正は庶民の人気が高く、いまや清正公さまとして、土木や建築の神さまにまでなってしまっているのだ。

「木挽町の見世物小屋というと、紀伊国橋《きのくにばし》のあたりか？」

と、根岸は訊いた。

木挽町界隈は、人形町《にんぎようちよう》と並ぶ芝居町である。両国《りようごく》や浅草《あさくさ》ほどの賑わいはないが、高級な店も多く、ここから流行が始まることも少なくない。

「いや、三原橋《みはらばし》の近くです」

「というと、小屋主は赤鼻《あかはな》の太助《たすけ》？」

「あ、鼻が赤かったです。まさに」

久助は感心した。このお奉行はほんとに江戸の片隅にいたるまで精通している。

しかも、報告を聞いて知っているだけではない。ちゃんと自分の足で確かめているのだ。

「あいつもあの手この手とよく考えるわな」

と、根岸は笑った。

「そんなにいろいろあるのですか？」

「ああ。このあいだは、かぐや姫が生まれた竹を飾っていたし、春ごろに金太郎と戦った熊の毛皮が出たときは、江戸中でずいぶん話題になっていたぞ」

「ああ、あれですか」

「わしは忙しくて見には行けなかったがな」

見ておけばよかったというような調子で根岸は言った。

もちろん、本気にしているわけがない。が、このお奉行は洒落や冗談を面白がる気持ちもたっぷり持っているのだ。

「なかには本気にした者もいるのでしょうか」

「そりゃあ、何だって本気にしてしまう者もいれば、ふざけるなと怒り出す者だっているさ。江戸っ子だって、洒落が通じるやつだけとは限らぬからな。だが、反物が、なぜ、清正公のふんどしになるのだ？」

「それが、反物は黄色い染みだらけなんです。それはすなわち、小便のあと。となれば、ふんどしに使われていたのだろうし、これほど大きなふんどしを豪快に巻く人物といったら、虎退治の加藤清正公以外にはおられまいと、まあそんな理屈だそうです」

「久助は見たのか？」

「見ました。木綿の反物で、白地に紺の模様が入ったものですが、黄色い染みはかなり目立ってました」

ふんどしにしてはもちろん巨大過ぎるが、いったいなにに使ったものなのだろうか。

六尺（約百八十センチ）ふんどしというのは、長さは六尺から十尺ほど。幅は六寸（約十八センチ）から一尺ほどだろう。

反物のほうは、一着分の着物がつくれるほどの長さだから、これではとても足りない。

幅はだいたい一尺と二寸ほど。長さは三丈（約九メートル）以上ある。

これがふんどしだとしたら、たいした大男である。まさに清正公にふさわしいと言えるかもしれない。

「染みは一部だけか？」

「いえ、まんべんなくついてました」

「どうせ赤鼻の太助は、汚れた反物をゴミみたいな値で買い取っているのだ。わざわざ新しいものを買ったあとから染みをつけて、くだらぬ見世物のネタにしていたのじゃ割りに合わぬわな？」

「合いません」

「何か別のことで汚れ、売り物にならず仕方なく見世物小屋に出したのだろう」

「ははあ」

「その話、なんとなく気になるな」

根岸は昔を思い出すような遠い目をした。

「そうですか。根岸さまが『耳袋』にお書きになるような話かとは思いましたが、気になるとおっしゃいますと？」

「悪事がからんでいるやもしれぬ」

「それは思ってもみませんでした」

「赤鼻の太助は根っからの悪党というほどではないが、以前はバクチ打ちだよ」

「そうでしたか」

「サイコロさばきが絶妙で、いかさまもなかなか見破れない。だが、惚れた女に泣かれてバクチから足を洗ったのさ」

「へえ」

ほんとによく知っている。〈大耳〉の綽名《あだな》は伊達《だて》ではない。

「探ってみてくれ。まずは、その反物をどこから仕入れたか。あやつが言わなかったら、わしの名を出してくれてかまわぬ」

そう言ったとき、佃島の渡し船の報告がやって来た。

「なに、ただの水難事故ではないと？」

と言うのを断わって、根岸は南町奉行所から築地《つきじ》の鉄砲洲《てっぽうず》まで駆けるようにやって来た。せいぜい半里くらいの距離である。まだまだ十里くらいだったら、小走りに駆け通すくらいの体力はある。

「お奉行。馬を」

船松河岸に大きなかがり火が二つ焚かれている。そのあいだに遺体が並べられていた。

家族も来ていて、取りすがって泣く者もいる。

報告を受けて、根岸は四人の遺体を見た。なるほどただの事故ではない。一人を除いて三人は明らかに胸や腹を刺されていた。

しかも、その三人は、武士とお店者《たなもの》ふうの町人と日焼けした漁師のような男と、まるでつながりはなさそうである。

「身元は？」

と、根岸は近くにいた坂巻に訊いた。

「その日焼けした男は、渡し船の船頭だったようです。あとの三人はまだ、わかりません」

わきのほうで、騒ぎが起きていた。女が、「仙太《せんた》。爺ちゃんにつづいて、あんたまでも。なんだってこの船になんか乗っていたんだよお」と、泣き喚いた。亡くなった若い船頭の母親らしい。

「どうした？」

と、根岸は栗田に訊いた。

「ええ。いつもの船頭は寅二《とらじ》という者らしいのですが、死んでいる仙太という男が、この船だけ替わってくれということだったそうです」

「ふうむ……」

「生き残った者の中に船頭に訊いた者がいました。寅二はどうしたんだって。すると、頭が痛いんだとよ、って答えていたそうです」

「寅二の家はわかるか？」

「ええ。いま、呼びに行っています」

栗田はさすがに怠りない。

「それと、母親は爺ちゃんにつづいて、と言っていた。どういうことか、訊いておいてくれ」

「ええ」

栗田はうなずき、母親のそばに近づいて行った。

答えはすぐにわかった。

「佃島の網元の一人である仙蔵《せんぞう》というのが、仙太の祖父だったのですが、昨日の晩に亡くなって、今日、葬式をしていたのだそうです」

「葬式の日に孫までもか」

「むごい話ですね」

「だが、変だな」

「何がでしょう？」

「葬式の日に、わざわざ船頭などやるか？」

「それは母親も変だと言ってました。いつの間にか、葬式からいなくなっていたんだそうです」

「ふうむ。栗田、ここがとりあえず一段落ついたら、葬式のことはもっと訊き込んでおいてくれ」

「わかりました」

まもなく向こう岸から小舟が急いでやって来た。

「寅二を連れて来ました」

と、奉行所の小者が言った。

「そなたが本来の船頭だな？」

根岸が訊いた。

「はい」

事故のことは知らされたのだろう。悪いことをしたように小さくなっている。

「なぜ、今宵はそなたが漕がなかった？」

「はい。網元の仙蔵さんの葬式に出たら、仙太からどんどん飲んでくれ、今宵はおれが船頭を替わる、爺ちゃんの葬式にはつらくていたくないんだと、こう言われまして」

「なるほど」

「まさか、こんなことになっているとは……おらが漕いでいれば、こんな事故にはさせなかったのに」

男はそう言って、しゃがみ込んでしまった。

と、そこへ——。

根岸が来ていると聞いたらしく、お船手奉行の向井将監《むかいしょうげん》が駆けて来た。根岸より二、三歳は若いはずだが、足元がなにやら覚束ない。

お船手奉行は、ふつう船手頭と称されることが多い。江戸開府以来、向井家がずっと世襲している役職で、代々、向井将監を名乗ってきた。

「向井どの」

「はい」

「お船手組に急いでやっていただきたいことが」

「どのような」

「まず、ぶつかって来たという屋形船を特定していただきたい」

「屋形船を。下流に向かったと申したな」

と、後ろにいたお船手組の同心に訊いた。

その同心が答える前に、

「いや、向井どの。下流とは限りませぬ。築地川にでも入れば、どこにだって方向を変えることはできます。江戸全域で探ってください。しかも、偽装した疑いもあります。提灯《ちょうちん》を下げた屋形船に限らず、船首に真新しい傷のある船はすべて船主、所在などをたしかめておいていただきたい」

と、根岸は言った。

「わかりました」

「また、このあたりにぶつかったときの船の木屑などがまだ浮かんでいるやもしれぬ。それを回収していただきたい」

「それも当方で？」

「きわめて重要な証拠になるやもしれませぬので」

向井将監は配下の者たちに命令するため、船に近づいて行った。

「よう、根岸」

振り向くと、五郎蔵《ごろぞう》がいた。

根岸の盟友である。いまは江戸の水運業の大立者となっているが、若いうちは根岸とともに悪さをして回ったらしい。そう言われてみれば、面構えはいかにもである。

「あんたも来てくれたかい」

「根岸。おれたちも手伝わせてもらうぜ」

「そいつは助かる」

「いま言ってたことはすべて、さっき若いやつに言っておいた。木屑のいくつかはあっちに持ってきておいたからな」

「まったく、あんたってやつは」

根岸は苦笑した。五郎蔵なら、町奉行の職を替わってもいいくらいである。

「それとな。死んだその若い船頭だがな。誰かに似ているんだ」

「誰か？」

「あんたはそんな感じはしねえかい？」

「わしはしないな」

「じゃあ、おれだけが知っている男かもしれねえ。ま、思い出したら言うさ」

「頼む」

それから根岸は周囲を見回し、

「杉本《すぎもと》、高橋《たかはし》。そなたたちは御目付の山田《やまだ》金二郎《きんじろう》と徒目付《かちめつけ》組頭の小川《おがわ》重兵衛《じゅうべえ》に事情を話し、遺体を見定めてもらいたいのですぐ来てくれと。何人か連れて来てくれると助かると言ってな。二人ともわしの友人だ。坂巻は何度かわしとともに訪ねていたな。二人の屋敷を教えてやれ」

傷のある武士の遺体の身元を特定しなければならない。こぎれいな身なりからすると、御家人ではなく旗本のようだが、しかし、それは軽々に判断できない。趣味のこともあれば、貧乏な旗本も、裕福な御家人もいる。

「わかりました。では」

と、二人の同心が駆け足で去った。

根岸はもう一人の同心のほうを見て、

「それから町人らしき者を特定させるには、まずは佃島の町役人とこのあたりの町の町役人に……」

そう言ったとき、栗田が声をかけてきた。

「お奉行」

「どうした？」

「この者が」

栗田が後ろにいた男に、話せというように顎をしゃくった。

「この遺体はたぶん、網元の葬儀に来ていたお人です。香典を預かった覚えがあります。たしか、京橋《きょうばし》近くにある海産物問屋〈東海屋《とうかいや》〉さんの手代だったのではないかと」

漁師は怯えた口調でそう言った。

「辰五郎《たつごろう》」

岡っ引きの辰五郎も、さっきからそばに来て話を聞いていた。

「東海屋ですね」

下っ引き二人を連れて、東海屋に向かった。

根岸は周囲を見て、

「ほかにも、亡くなった者、助かった者、行方不明になっている者、すなわち渡し船に乗っていた者は全員、身元を確かめてもらいたい。できるだけ早くだぞ」

「はい」

と、与力の高田章吾《しょうご》がうなずいた。この現場の指揮は、この高田が取ることになるらしい。

「それから、坂巻。奉行所にもどって、まだ、残っている者を集めて、すぐに江戸市中の水辺を回らせるのだ。さらには、役宅にもどっている者も駆り出して、いったんここに来るように伝えよ。それで、怪しい者、怪しいようすがあれば、すぐ、高田に報告し、わしのところにも報告するように」

「わかりました」

坂巻が夜の闇の中に駆けて行った。

「この件、最初にどれだけ動くかが、解決のカギを握ることになるだろうな」

根岸は難しそうな顔でそうつぶやいた。

二

久助は木挽町の見世物小屋に来ていた。赤鼻の太助は、ちょうど店仕舞いしているところだった。

ここは両国広小路とは違って火除け地ではないため、いちいち店を畳んだりする必要はない。常設の小屋になっているから、戸を締め、錠前をするだけである。ただ、ひどく粗末なつくりの小屋だから、どこか破ろうとすれば、子どもだって中に入ることができるだろう。

「太助さんかい」

と、久助は後ろから声をかけた。

「ああ。なんでえ、あんた、昨日も来たよな」

「じつは、十手を預かってるんだがな」

背中のほうから十手を取り出した。

太助の顔が険しくなった。

「世話になるようなことはしてねえぜ」

「以前はバクチ打ちだったんだろ？」

「……」

「鮮やかな手口のいかさまだったって」

「それが？」

太助はそっと周囲を見た。

誰もいない。根岸は根っからの悪党ではないと言ったが、胆は座っている。

脅し過ぎたかもしれない。久助は態度を変えた。

「根岸さまから聞いてきたんだよ……」

その名の威力は素晴らしかった。

「なんだ。それを早く言ってくれなきゃ」

太助が破顔した。根っからの悪党には見えない笑顔だった。

「根岸さまだってやたらに自分の名前を持ち出されるのは嬉しくないだろうと思ったんでね」

「そりゃあそうだ。だが、あっしも根岸さまの名前が出てたら、こんなに緊張しなくて済んだんだ」

と、手のひらを開いてみせた。汗でびっしょりだった。

「じつは、清正公のふんどしを持ち込んだやつを訊きたかったんだよ」

「ちょっと向こうに行ったところにある肥後屋《ひごや》という呉服屋のあるじだよ。清正公のふんどしにするといいと言ったのも、そのあるじでね。なかなか面白かったんで、言い値に近い銭で買い取ってやったのさ」

「ふうん。肥後屋のあるじってのはよく、そういうものを持ってくるのかい？」

「いや。初めてだったね」

「皆、自分で見世物の案まで考えて持って来るのかい？」

「そんなことはねえ。なかなか知恵が回る男なんだろうね。立派な店のあるじだけど、裏はあるのかもしれねえ。もっとも、人は皆、裏側ってのはあるんだけどね」

元バクチ打ちは、うがったことを言った。

「ありがとうよ」

久助は、礼を言い、その肥後屋に来た。

まだ店は開いていたが、なんとなく寂れた感じがする。

間口は十間以上あるのに客が少ないと、急に田舎に来たような気がする。畳の縁《へり》が畦道《あぜみち》みたいに見えた。

「ごめんよ」

岡っ引きだと名乗るか迷ったが、うまい言い訳が思いつかない。結局、十手をちらりと見せ、赤鼻の太助を悪者にして、調べているところだとした。

「あいつ、そんなに悪いのかい？」

肥後屋のあるじは嬉しそうに言った。こいつも悪党ということか。

「まだわからねえが、見世物にしてるのはたいがい盗品だな」

「そうなのかい。だが、あたしが持ち込んだのはちゃんとしたうちの商品だよ」

「ちゃんとした？」

「ずっと売れないでいた反物でね。湿気を吸っちまってカビでも生えたのか。あんな染みができるのはめずらしくはないんだよ。だが、とても売り物にはならなかったんで」

「清正公のふんどしにしたらいいというのもあんたの案だったそうで？」

「そう、うちは屋号が肥後屋だからね。肥後熊本の英雄というので清正公さまを思い浮かべたのさ」

「なるほどな」

それほど不思議な話ではない。

「でも、そんなこと言っていいのかい？」

と、久助は訊いた。

「え？」

「清正公のふんどしじゃなかったら、詐欺ってことになるぜ」

「あ」

「本気にするやつだっているんだからな」

根岸もそう言った。洒落のわかるやつだけとは限らない。

しかも、見せるほうだっておざなりにやっていたら、誰も客は入らない。看板の絵や、口上《こうじょう》の面白さ、そのいかがわしいものの見せ方……それらに工夫を凝らしてこそ、江戸っ子は洒落として楽しんであげるのだ。

洒落と詐欺の区別は微妙なのだ。

「いや、それは……」

慌てて口をつぐんだが遅い。

「冗談だよ。清正公のふんどしなら洒落で通じるぜ」

「でしょ？」

肥後屋はホッとした顔をした。

久助は肥後屋を出て、近くのそば屋に入った。

ここのおやじに肥後屋のようすを聞いてみる。

「去年あたりまで羽振りがよかったんだけどね。急に落ち目になったたって感じだね」

「急に？」

「うちで頼んでいたそばも、エビが三本入った天ぷらそば食ってたのが、かけそばになっちゃったもの。しかも、タダでネギをいっぱい入れろとか、それまで言わなかったことも言うようになったよ」

そば屋にはそば屋の物差しがあるのだと感心する。

「何かあったのかい？」

「それはわからねえよ」

そば屋のおやじは肥後屋の景気が悪い理由などどうでもいいらしかった。

辰五郎は、京橋近くの東海屋のあるじと番頭を連れて、ふたたび船松河岸にもどって来た。

訊くと、手代の音松《おとまつ》という男が出先からもどっていないという。

番頭だけでも来てくれたらと思っていたが、あるじも来ると言い張った。なかなか誠意があるではないか。

遺体はまだ、河岸にあった。

辰五郎は筵《むしろ》をめくって訊いた。

「どうだい？」

「あ、間違いありません。音松です」

辰五郎はそれを訊き、少し離れたところにいた根岸に、

「身元がわかりました」

と、告げた。

栗田が近づいて来た。

「佃島に渡る用事はあったんだな？」

「ええ。取引先である佃島の網元の一人、仙蔵さんの葬儀にわたしの名代として顔を出してもらいました」

と、あるじが言うと、

「やけに遅いので、漁師たちに酒を強要され、帰れなくなっているのだろうと話していました」

わきから番頭が言った。

「ところで、これを見てもらいたいんだがね」

栗田がそう言って、遺体の肩をまくった。

「これは……」

音松の肩口に彫り物があった。お店者に彫り物はめずらしい。しかも、柄も変わっている。髑髏《どくろ》の模様が羽根に入った蝶々である。小さいが、極彩色のきれいな彫り物だった。

「知ってたかい？」

栗田が訊くと、あるじと番頭は顔を見合わせ、

「いえ」

と、あるじが答えた。

「どんな男だったんだ？」

栗田があるじに訊いた。

あるじは番頭の顔を見た。手代の性格までは把握していないらしい。

番頭はうなずき、

「おとなしい男でした。そろばんが得意で、計数にも明るく、重宝するなと思っていたのですが、彫り物を入れるような男には思えなかったです」

音松は知られざる一面を持った男であるらしい。

根岸は来ようとはしないまま、じっとこちらを見つめていた。

三

あとで音松の遺体を引き取りに来る手順を打ち合わせると、東海屋のあるじと番頭は店に帰って行った。

まだ、武士の身元についても、ぶつかった屋形船についても、さらには泳ぎ去った者たちについても、何も連絡は来ていない。

「ただ待っていても寒いので、ちと、歩いて来よう」

根岸は坂巻弥三郎を連れて木挽町へ向かった。

久しぶりに赤鼻の太助の顔でも見るつもりだった。

だが、見世物小屋は閉まっていて、根岸は頭上の毒々しい看板を眺めて、

「ふうむ」

と、言った。金太郎が熊と相撲を取っているその左わきで、大きなふんどしを巻いた加藤清正が、槍を振り回していた。

「ご覧になりたい見世物でもありましたか？」

と、坂巻が訊いた。

「うむ。この清正公のふんどしが出てると聞いたのでな」

「ははあ。耳袋にお書きになるつもりでしたか」

仕方なく帰ろうとしたところで、久助が向こうからやって来た。

「お奉行。ふんどしの出どころはわかりました」

「そうか」

「そこの呉服屋です」

肥後屋はもう完全に閉まっていた。

「ここのあるじが、自分で売れなくなった反物を持ち込んだそうです」

「呉服屋から反物が出ても、なんの不思議はないか」

「それはまあそうですが。ただ、この肥後屋は繁盛していたのが、急に不景気になったようです」

「不景気にな。貧すれば鈍すというやつで、トンマな悪事に手をつけたか」

そこに大八車の音がした。空の樽をいっぱい積んだ荷車が肥後屋の隣の店の前に来た。

「隣はずいぶん景気が良さそうですね」

と、坂巻は言った。

看板には「清酒」とか「灘」とか「伏見」とか書いてある。

酒問屋で、下り酒を扱っているらしい。

見ているとさらに荷車が二台、違う方向からもどって来た。こんな刻限に配達に行っていたらしい。

「ふうむ。今年の酒はよくないと聞いたがな」

「そうですか」

「坂巻。なにか匂わぬか？」

「匂いですか？」

「喩《たと》えではないぞ。ほんとの匂いだ」

「そういえば果実のような匂いが」

坂巻は鼻を鳴らしながら言った。

「久助。明日でよいのだが、また肥後屋と会って、確かめてもらいたいことがあるのだがな」

「お安い御用で」

「肥後屋のあるじの手のひらや指、それと目の色をよく見てきてくれ」

と、言った。

根岸が渡し場に再度もどって来ると、友人である目付の山田金二郎がいた。遺体の武士を確かめたところだった。

「どうだ？」

と、根岸は訊いた。

「わしの知っている者ではないな」

「駄目か」

「持ち物や身なりも見た。着物も煙草入れも凝ったものだな。小普請組《こぶしんぐみ》は当たるだけ無駄かのう？」

小普請組というのは、無役の旗本や御家人のことで、加増分もなければ、役得もない。ほとんどが贅沢とは無縁である。

「いや、当たってみてくれ。金儲けがうまい御家人もいれば、女房を裕福な商人のところからもらった者もいる」

「そうか」

「いろいろ見てもらうつもりだ」

そもそもが武士の身元の特定は難しい。

お城に出ている者のほかにも、城に出てこない小普請組はいるし、外の役所にずっと詰めている者もいる。連中は知り合いも少なかったりする。目付にしても顔を知らない者は大勢いる。

加えて、各藩邸にいる地方の武士の顔は、幕府の役人ではわからない。もしもこっちだとすると、身元の特定はまず難しい。

「日に焼けているな」

「そうなのさ。肌に染みついているだろう」

「釣り好きかな」

「だったら、漁師並みに通っているやつだな」

「だが、この師走の忙しい時期に、なぜ、武士が佃島になど来ていたのか、不思議だな」

と、山田は言って、もどって行った。

「どこまでわかった？」

と、根岸は栗田に訊いた。渡し船に乗っていた人間の数である。

「乗っていたのは全部で九人のようです」

「九人か」

慌ただしい師走だし、根岸はもっと多いことを心配していた。佃島のほうから陸側に向かう最終の船ということもあったのだろう。亡くなった者には気の毒だが、不幸中の幸いだったかもしれない。

だが、栗田はホッとしたような根岸の顔を見て、

「これはいつもよりずいぶん多いそうです」

と、すまなそうに言った。

「そうなのか？」

「あの時刻に佃島から陸側に渡るのは、いつもならせいぜい一人二人くらいだそうです。網元の葬儀があったせいかもしれないと言ってました」

「ふうむ」

「まず、亡くなった者たちですが、船頭の仙太。武士一人と、町人が東海屋の音松と、身元のわからない男。この四人です」

栗田は、並べられた遺体を見ながら言った。

仙太の母親は、寒くて可哀そうだから、早く連れて行きたいと泣いた。だが、武士の顔を知っていた者が、仙太も知っているかもしれない。そうすると、死んだ者たちの関係も明らかになる。

母親には訳を話し、もうすこしだと待ってもらっていた。

「む」

「助かった者が三人。佃島の漁師、安治《やすじ》。対岸の本湊町《ほんみなとちょう》にいる娘の家に泊まりに行くところでした。南小田原町《みなみおだわらちょう》の竹細工の職人、益吉《ますきち》。かごやざるの行商で、佃島を訪れていました。発句の師匠をしている若右衛門《わかえもん》。佃島には句吟のため訪れていたそうです。この者たちも、早く家に帰りたいと申しております」

「可哀そうだが、待ってもらってくれ。何か温かいものでも食べさせてやれ」

「はい。さきほど熱いうどんを」

「そうか」

「この三人の証言と、遠くから目撃した者の話を照らし合わせますと、行方がわからなくなっているのは二人。一人は上流側へ、一人は海のほうへ泳いで行きました。海へ向かったのは、どうも武士であったようです」

「ほう」

根岸の目が光った。

「安治といったな」

「はい」

「いまどき、佃島を武士が訪れることは多いのか？」

根岸は助かった漁師に訊いた。

「いや、昔ならともかく、近ごろは滅多にございません。ましてや、こんな遅くまでいるのはめずらしいと思います」

「昔というと？」

「はあ。十年ほど前になりますか、佃島と石川島のあいだが埋め立てられて、そこにうまい魚を食わせる飲み屋というのが二軒ほどできたときがありました。そこが通の客たちでにぎわいましてね」

「うむ。世の中の景気がよかったころだな」

と、根岸はうなずいた。

田沼意次《たぬまおきつぐ》が権勢を誇った時代である。武士も町人も遊興に浮かれ、景気はよく、派手に金がばら撒かれた。

楽しくてよかったと振り返る者もいるが、根岸はやはり、あの時代は度が過ぎていたと思う。あの騒ぎで、人生の大事なことを見失ってしまった者も大勢いる。

「そのときはお武家さまも大勢来られました。でも、それが撤去されてからはほとんど……」

「その武士たちは船の中でいっしょにいたのか？」

生き残った三人を見ながら根岸は訊いた。

「いえ、いっしょではなかったです」

と、発句の宗匠の若右衛門が答えると、

「ただ、近くには座ってました」

漁師の安治が言った。

「近く？」

「はい。お一方があっしの横、もうお一方はあっしの斜め後ろでしたから」

「なるほどな」

と、うなずき、かたわらにいた栗田と坂巻に言った。

「滅多に来ぬ武士が、こんな時刻に二人。しかも、近くに座っておった。連れだったかもしれぬ。何としても、亡くなった武士の身元を確かめなければならぬな」

「はい」

二人とも厳しい表情で返事をした。

「句はできたか」

と、根岸は若右衛門に訊いた。

「いくつかは」

「冬の佃島を題材にするのは面白い」

「恐れ入ります」

「できたものを教えてくれ」

根岸は蕪村《ぶそん》が好きなくらいだから、自分ではつくらないが鑑賞するのは好きである。

答えようとした若右衛門が、ふいに顔をしかめてしゃがみ込んだ。

「おい、しっかりしろ」

坂巻がわきに座って手を添えた。

「どうした？」

根岸が訊いた。

「胸が苦しいみたいです」

と、坂巻が言った。

「大丈夫か？」

「持病の心ノ臓が」

若右衛門は苦しそうである。

「この寒いのに水に落ちたりしたからな。では、助かった者は帰らせろ。小者を一人ずつ付けて、家を確かめておくようにな」

と、根岸は命じた。

四

翌朝——。

根岸は目を覚ますと、すぐに表の奉行所のほうへ行った。

昨夜は、結局、身元のわかった仙太と音松の遺体を引き取らせたあと、残りの二体を番屋へ移した。なにか異変があればすぐに報せるよう言い置いて、根岸は奉行所に引き上げたのだが、結局、明け方まで眠れなかった。

栗田と坂巻も表の奉行所に詰めていた。

昨夜は二人も寝ていない。身重の雪乃《ゆきの》が心配したら可哀そうだと、根岸は奉行所の小者に栗田の事情を伝えさせておいた。

「夜どおし警戒に当たった奉行所の者たちからは、とくに怪しい者を見たという報告は上がっておりません」

と、栗田が言った。

「そうか」

「お船手組のほうも、ぶつかった船を探していますが、いまだ見つからないそうです」

「それと、先ほど、佃島に渡って、死んだ仙太の祖父で仙蔵という網元の家に顔を出してきました」

「それはご苦労だったな」

「いえ。仙蔵はまだ六十ちょっとの元気な年寄りだったそうです。こっちに飲みに来ていて、河岸で足を踏み外し、落ちて溺れたんだそうです」

「漁師が溺れた？」

「ええ。不思議だという者もいましたが、ただ、酒が過ぎるところはあって、その晩も飲み過ぎたかもしれないと」

「ふうむ」

根岸は怪訝そうな顔をした。

「仙蔵がいつも行っていたという飲み屋の名前は何軒か訊いて来ました。今晩にでも足取りをたどってみます」

「うむ。それよりも優先させることが出てくるかもしれぬがな」

栗田の腹が鳴った。

「徹夜だった者は、わしのところで朝飯を済ませ、一刻《いっとき》（約二時間）ほど仮眠を取ってくれ。今日も忙しくなるぞ」

と、私邸のほうへ行かせた。

そこへ久助がやって来た。

「もう、行って来たのか？」

「ええ。あっしもこちらを早く解決して、辰五郎さんたちが駆けまわっているほうを手伝いたいと思いまして」

「気を散らすでないぞ。どこから、どんな悪事が出てくるかはわからんからな」

「はい。申し訳ありません」

「それで、どうだった、肥後屋の手のひらは？」

「はい。なぜでしょう、手のひらや指は黄色かったです」

「やはりな。目は？」

「目は黄色くはなかったです」

「なるほど」

「酒の飲み過ぎですね。黄疸が出てるのでしょう。まさか、隣が酒問屋だからですか？」

「いや、目に出なければ酒ではないだろう。うむ。久助に言っておいてもよかったのだが、色というのはそう思ってみると、そんなふうに見えてしまうのでな。あれは、みかんの色だと思う」

「みかんですか！」

久助は目を丸くした。

「みかんというのは、食べ過ぎると肌が黄色くなるのだ。それは病とは関係ないらしい」

「なんでまた、そんなにみかんを食ったんでしょう」

「うむ。今年はみかんが高いのにな」

「あ、そういえばそうですね」

今年はみかんが足りない。

紀州を台風が直撃したため、みかん山が大きな被害を受けたらしい。紀州家ですら、歳暮用のみかんを確保するのが大変だったらしい。

しかも、みかん船が二艘、座礁して、沈没した。

みかんの値も上がっていた。

町奉行所は、こうした物価の動向にまで目を配らなければならない。買占めなどはおこなわれていないか、出し惜しみはないか、定町回りの同心たちは、そんなあたりにも目を光らせている。

「隣の酒問屋は、紀州からみかんを運んできているはずだ。荷車がみかんの匂いがしていた」

「それを肥後屋が盗んだのですか？」

「そう。あの清正公のふんどしを使ってな」

「ははあ」

「あとでわしも見に行ってみよう。ちとからかって、みるか」

根岸は面白そうに言った。

死んだ東海屋の手代の音松の調べについては、神楽坂《かぐらざか》を縄張りにする若い梅次《うめじ》が駆り出された。

根岸からはこう言われていた。「音松の身元といっしょに、音松の彫り物のことをあるじたちは本当に知らなかったのか、知っていて雇ったのか、だったら、なぜ知らなかったふりをしたのか。そこらを丹念に当たってみてくれ」と。

微妙な調べである。

梅次は自信がない。

東海屋に来ると、できるだけ若そうな手代に声をかけた。なにせ梅次は二十歳前であるばかりでなく童顔である。貫禄がないことも気にしている。

音松のことを訊かれて、

「まだ入ってそれほど日は経っていないんですよ」

と、手代はつまらなそうに言った。

「え？　小僧からの叩き上げじゃねえのかい？」

「うちの店は急激に大きくなりましてね。急遽、新しい手代を三人ほど雇いました。そろばんができて、計数に明るい男というのを頼んでおいたみたいです」

そう言って、急いで店の奥に引っ込んだ。余計なことを言うと、先輩たちに叱られたりするのだろう。

梅次は近くの番屋でこの店のことを訊いた。

「もとは干しあわび専門の小さな海産物問屋だったんです。それをいまのあるじが一年ほど前に、店と株といっしょに買い取ったんですよ。だから、前の代の東海屋の人たちは誰もいません」

「前の代はどこに行ったか知ってるかい？」

「さあ。田舎に引っ込んで、あとはのんびりやると言ってました」

「ふうん」

梅次はもう一度、東海屋の前を通った。

あるじが店の奥で手代たちに大きな声を上げていたが、その様子はあまり人情味は感じられなかった。

五

辰五郎は、助かった益吉の話を聞くため、築地の南小田原町に来ていた。

根岸からは船で見かけた者のことをとにかく洗いざらい聞き出すように言われていた。図を描き、どこに座り、他の客の顔や姿かたち、着ていたものなどを詳しく訊いているうち、

「そういえば、船に乗らなかった女がいましたっけ」

と、益吉は言った。言いながらも、絶えず手が動いている。細く切った竹でカゴ

を編んでいく。その手際のよさときたら、辰五郎も問いかけるのはやめて、しばらく見つめていたいくらいである。

「乗らなかった？」

「ええ。船を出すぞという声に慌ててやって来たみたいでしたが、船頭の若いやつが何か話しかけて、女をわきに連れて行きました。それで結局、乗らなかったんですよ」

「この船は危ないからとか言ったのかな？」

だとしたら、仙太は危険があることを予測していたのだ。

「さあ。声は聞こえませんでした。女は訳がわからなそうでしたがね」

「どんな女だ？」

「武家の娘さんでしょう。まだ、若かったですよ。二十歳をいくつか出たくらいじゃないですか。でも、鉄漿《かね》はなかったような気がします」

「嫁入り前で二十歳過ぎね」

江戸の娘はたいがい十五、六から二十歳前までに嫁に行ってしまう。

「器量が悪いとかじゃなかったですよ。おとなしそうですが、整った顔立ちの娘さんでした」

「仙太とできているようなようすだったか？」

辰五郎が訊くと、益吉は笑った。

「それはありませんでしょうね」

「着物の柄とかはどうだった？」

「もう薄暗くなりかけてましたのでね」

と言ったが、男というのは明るくても着物の柄まではなかなか覚えていなかったりする。

「わきのほうに行ったきりか？」

「ええ。別の舟を出してもらってたみたいです」

「別の舟？」

「いや、あっしもそんなにじいっと見てたわけではないんで。ただ、渡し船が岸を離れたころ、小舟が深川のほうに出て行ったのでね」

「もし、女が渡し船に乗り合わせていたら……」

「ああ、間違いなく溺れ死んでいたでしょうね」

辰五郎は次の発句の宗匠の聞き込みはあとに回して、この話を根岸に報せることにした。

だが、そのころ——。

根岸は久助といっしょに直接、肥後屋にやって来た。護衛の坂巻は少し離れたところに待機させている。

町方の者とは言ったが、あるじは根岸の顔を知らないらしい。歳のいった与力くらいに思ったみたいである。

「赤鼻の太助を内偵していてな」

「あいつ、そんなに悪いので？」

「それは詳しくは言えぬ。反物がここから出たのは間違いないな？」

「ええ。それはあたしが売って、ちゃんと代金ももらいました。まあ、二束三文の値でしたが」

「これほどの大店がずいぶん細かい商売をするのだな」

と、根岸はからかうように言った。

「あまり景気がよくありませんでね。手代も何人か辞めてしまったくらいです」

肥後屋のあるじは悔しそうに顔を歪めた。

「世の中はいま、落ち着いているだろうが」

「ま、それは商売によっていろいろですよ」

くわしくは触れたくないらしい。

「ときに、そなた、みかんが好物だろう」

「え？」

「みかんを食べ過ぎて、手が黄色くなっているではないか」

「よく、おわかりで」

「わしも喉が渇いた。みかんの一、二個くらい出してくれてもよさそうだ」

「はっ。ただ、安いのを大量に買ったので傷ものですよ」

「そんなことはかまわぬさ」

出されたみかんは確かに、少しつぶれたようになっている。根岸はこれを食べて、

「甘いな」

と、言った。

「甘いでしょう」

「みかんを甘くする方法があるのは知っているか？」

「いえ」

「強い力を加えてやるのだ」

これは嘘ではない。みかんは叩いたり揉んだりすると甘くなる。

「力を？」

「そう。ごろごろ転がしたりすると甘くなる。これはまだ青いのに甘いというのは、それをしたからではないか」

あるじの顔が強張った。だが、根岸は見ないふりをした。

根岸は外に出て、隣の酒問屋の前に来た。

「ほら、久助。あの蔵だ」

「なるほど」

店の裏手の蔵が、表通りからも見えていた。

「上に小窓があるな」

「あります。平たい窓ですね」

「おそらく向こうの店の小僧あたりを手なずけたのだろうな。あの小窓からみかんを外に放らせた。盗んだうえで横流ししようって魂胆だ。なんせ、今年はみかんが高い」

「はい」

「かけいのように反物の一方をあの小窓の中に入れ、もう一方を肥後屋の裏庭のほうに垂らした。ちょうど清正公のふんどし、つまり反物の長さと同じくらいだ」

「確かにそうです」

「反物の中を次々にごろごろと転がって、肥後屋のほうに落ちてくるはずだった。だが、小窓が思ったより狭く、うまく転がりはしない。つぶれて汁は飛び散る。売り物にはならないと思って、途中でやめたのだろうな」

「だが、自分のところでたらふく食う分くらいは盗めたのですね」

「そう。肥後屋も悪いやつだが、どこか抜けている」

　と、根岸は笑った。

「それにしてもお奉行さま。あんなちっぽけな手がかりから、よくも推察できたものですね」

　久助は心底、感心している。

「そう思うか？」

「はい」

「あれだけで推察できたら、わしも天才だ」

「天才だと思います」

「天才でなどあるものか。昔、わしは同じようなことを考えた。みかんではなく、柿だった。近所で有名な、甘くて大きな実が生る木だった。となりから反物ではなく板を渡し、棒で木を揺さぶるつもりだった」

「え」

　久助は唖然としている。

「だが、やらなかった。踏みとどまった。なんで踏みとどまったのかは忘れた。そういう悪事がわしにはいっぱいあるんだ。思いついたが結局、やらなかった悪事。

ぎりぎりのところで我慢した悪事。不覚にもついやってしまったものもある。五郎蔵などといっしょにな。あのころの悪事計画帖でもつくりたいくらいだ。そういうのがいま、捕り物に役立っている。これも昔の記憶があって推察できた。おかしなものよのう」

嬉しそうに言った。

久助はしばらくあっ気《け》に取られていたが、

「では、しょっぴきますか？」

と、訊いた。

「いや、待て、待て。わしも昔、同じようなことを考えたから甘くするわけではないぞ。焦らなくてもよかろう。暮れというのは悪党どもも気ぜわしくなって、いろいろやらかすのさ。ここは、一網打ってみることにしよう」

根岸はそう言って、ふだんの笑みとは違った、どこか凄みを含んだ笑い顔を見せたのだった。

第二章　よく効く薬

一

渡し船の転覆から二日後の朝である――。

根岸《ねぎし》が奥の間で医者に診てもらっていた。

具合はどこも悪くない。

自分で頼んだわけではないのだ。松平定信《まつだいらさだのぶ》がかかりつけにしている医者で、定信を診たあと、「根岸も診ておいてくれ」と言われてきたのだという。忙しいので断わろうと思ったが、そうすれば医者が定信に怒られることになる。なにせ人の都合などは考えないお方である。

坂本考庵《さかもとこうあん》という五十がらみの医者で、うるさい定信が信頼するくらいだから、当然、腕もいい。

「脈はしっかりしているし、舌も荒れていない。お顔の色艶もいい。文句なしでしょう」

と、その考庵が言った。

「それはよかった」

「横になっていただけますか？」

根岸が仰向けになると、腹全体を手のひらでゆっくり押していく。

「しこりなど、変なものができている気配はありません。便通もよろしいでしょうね？」

「そうだな」

「どうぞ、起き上がってください」

そう言われて、腹の力だけでぐいっと起き上がった。

「このあいだ、根岸さまがお濠端を歩かれているのを拝見しました。凄い速さで驚きました」

よく言われる。何か重大なことが起きたかと緊張すると。松平定信からは、「人騒がせな歩き方」と揶揄《やゆ》されたこともある。

「ああ。それは気をつけているのさ。足の衰えを防ぐため、できるだけ速く歩くようにしている」

「それはよいことです。ほかに、どんなことを？」

「報告を読まなければならないときは、ときどき身体の筋をよく伸ばすようにしている。一部が固まったりしないようにこうやって、全身の筋を伸ばすのさ」

と、いくつかその動きをやってみせた。

座って足を伸ばし、頭を膝につけたり、足を広げて身体をよじったりする。

「素晴らしいですな」

「ほかに素振りは毎日やっている。同じ型だけでなく、いろんな動きになるよう、頭の中で敵の数や攻めてくる方向などを変えながらやっているよ」

「身体をよく動かされているというのであれば、文句のつけようがありません。あとは何か？」

「うむ。こうして、お医者にときどき診てもらう」

「はい。ですが、医者の力などたかが知れています」

「そうかな」

「まず、治そうとしない患者を治すことはできませぬ」

「だが、皆、治りたい気持ちはあるだろう？」

「いえ。人は自分の病を甘くみたがる傾向があります。ただ、薬をもらって飲むだけという程度の治りたい気持ちはあるかもしれません。ですが、それだけでは不十分。やはり、自分の体力を上げて、病気に打ち勝つという気概が当人に欲しいです。

それがあってこそ、医者の力も生きてくるのです」

「なるほどな」

「根岸さま。食べものはいかがです？」

「うむ。できるだけ同じものに偏らないよう、いろんなものを食べるようにはしている」

「それはたいへんけっこうです」

「好きなものは食べ過ぎないようにもしている」

「なかなかできることではありません」

「あ、近ごろ、水をあまり飲んでなかったな」

「水ですか？」

「うむ。以前、佐渡奉行をしていた関係で、佐渡の名水を送ってもらっていてな、夏などはそれを日に二升近く飲んだ」

「ま、いまは冬ですので、そんなに飲めませんでしょう」

と、考庵は笑った。

「そういえば、まるめろはいいらしいな」

「まるめろとおっしゃいますのは？」

考庵は知らなかった。

もっとも、めずらしい木であるから、よほどの園芸好きでないと、庭に植えたりはしない。

まるめろの話は『耳袋』にも書いた。短い話で、ざっと次のようなものである。

勘定組頭をしていた坂野《さかの》喜六郎《きろくろう》という者の祖母が、胃がんだか食道がんだかになった。家族も心配し、いろいろ医者を当たったが、回復の兆しはない。

そんなとき、ある人が「まるめろを蓄えて、絶えず用いると治る」と言うのを聞き、そのまるめろを生はもちろん、砂糖漬けなどにして朝夕食べつづけたところ、やがて病は回復。

結局、八十いくつまでの長寿を得たと、これは喜六郎から直接、聞いた話である。

「この手の話は江戸でもしょっちゅう出てくるのだが、まるめろというのはめずらしいと思ってな」

「まるめろというのはどんな木ですか？」

「南蛮渡来の木だ。かりんに似た実をつけるのさ」

「実はうまいのですか？」

「いや、生の果実は固いし、かなり酸っぱい。生では食べにくいと思うが、婆さんは生でも食べたというし、砂糖漬けを毎日食べたそうだ」

「おおむね酸っぱいものは、身体にいいみたいですな」

と、考庵は言った。

「あのう」

根岸のわきで医者の手伝いをしていた奥女中のおかよが、遠慮がちに声をかけた。

「うむ。どうした？」

「お奉行さま。いま、尾張町《おわりちよう》ですごく流行っている薬屋があって、なんでもイチョウの葉っぱでつくった薬が、胃と腸に凄く効くんだそうです」

「イチョウが胃と腸に？　それはダジャレだろう」

と、根岸と考庵は笑った。

「でも、ほんとに効くんですよ」

「なんだ。そなたも飲んだのか？」

「はい。煎じて三日ほど飲んだら、しつこかった胃の痛みがぴたりとよくなりました」

「ふうむ」

と、根岸はおかよの顔を見た。本気で思っているらしい。

「ただ、その薬をつくっている人って、もともとは薬屋じゃなかったらしいです」

「何屋だったのだ？」

「なんでしたか、饅頭をつくっていたとか聞いたような」

「饅頭？」

根岸は笑って、考庵に言った。

「饅頭の次に薬か。なんだか甘そうな薬だな」


「お奉行はそろそろかな」

と、栗田《くりた》が辰五郎《たつごろう》に言った。

「根岸さまもお疲れでしょうに」

「うむ。もう少し暇にさせてあげたいが、なんせこればっかりは悪党どもにお願いしねえとな」

船松町《ふなまつちょう》の番屋である。ここに転覆以来、町方の者がつねに十人以上詰めている。番屋だけでは狭いので、隣のうどん屋の二階を急遽、借り受け、ここで仮眠や食事などもできるようにしてある。

さまざまな報せはこっちに来るようになっている。先ほども、お船手組から怪しい船はまだ見つからないという報告があった。

佃島の漁師たちが総出で、行方がわからなくなった者を探している。島の周辺はほとんど捜したはずだが、こちらも誰も見つかっていない。

また、お城のほうでも、今朝、出仕していない武士がいたら報せるように目付筋に頼んであって、そちらもまだ不審な者が上がってきていないらしい。すなわち、当番の者は皆、お城などに出てきているし、非番の者も役宅にいて、とくに行方がわからない者はいないということである。

「あの武士が、他藩の者だとやっかいだな」

栗田がつぶやくと、

「そうですね」

辰五郎はうなずいた。

「お奉行が江戸藩邸のお留守居役たちを通して頼むことになるのだろうが、そうなるととても今日明日には出て来ないな」

「いくら寒いとはいえ、遺体も心配ですね」

今朝あたりは線香をかなり焚きしめている。

「昨日一日、大勢がいろいろ動きまわったはずだが、ほとんど調べは進んでいねえ」

「申し訳ありません」

辰五郎が頭を下げた。辰五郎も下っ引きを総動員して、近辺の怪しい動きを当たっている。

「おめえが謝るようなことじゃねえ。暮れの忙しいときだもの、人ひとりをつかまえるのも容易じゃねえのに、はっきりしねえ話をいちいち確かめなければならなかったりする」

「そうなんですよ」

「とにかく、誰が誰を狙ったかもわからねえんだからな」

「三人が狙われたんじゃないんですか？」

「どうも、お奉行は相打ちの線を睨んでいるんじゃねえかな」

傷のあった遺体は三人とも、一突きというより、互いに争ったような痕があったのだ。

「なるほど。たしかにあの三人が仲間には見えませんからね」

と、辰五郎はうなずいた。

そこへ根岸が来た。

番屋の中が慌ただしく動き、席をつくろうとするが、根岸はそれを手で制して、

「どうだ、何か新しい報せはあったか？」

と、立ったまま訊いた。

すぐに市中見回り担当の与力、霧島忠五郎《きりしまちゅうごろう》から報告を受けた。

武士の特定が難航しているというので、根岸は自分でも遺体をあらためてじっくりと見ることにした。

手や背中にも傷があるが、致命傷となったのは右胸下の刺し傷だろう。

四十はいっていないのではないか、というのが大方の見方である。三十六、七といったあたり。

着物は普段着。たしかにものは悪くない。

陽に焼けている。上半身の筋肉も発達している。

「ん？」

遺体の手を取った。手のひらに胼胝《たこ》ができている。

「そこらに、お船手組の者はおらぬか？」

と、根岸は奉行所の小者に訊いた。

「若いのが何人か」

「呼んで来てくれ」

おどおどしたのが二人来た。まだ十七、八といったところではないか。生意気そうな若造というのとは正反対の、まるで頼りなさそうな若者である。

「そなたたち、遺体をよく見てくれ」

「はい」

筵はもうかけていない。顔に白い布をかけている。それを外し、おっかなびっくりといったようすで見た。

腰は完全に引けている。

「お船手組の者ではないか？」

と、根岸は訊いた。

栗田と辰五郎は顔を見合わせた。遺体はお船手奉行の向井将監《むかいしょうげん》たちも見ている。もし組の者なら気づいているだろう。ということは、向井将監が知らぬふりをしたと疑っているのか。

「え、わが組ですか？」

「そうだ。もしかしたら、若いうちに隠居したりしているのかもしれない」

若者二人は顔を見合わせ、

「いないよな」

「ああ」

小声でそんなことを言った。

「よく、見よ！」

根岸はめずらしく厳しい声で叱った。

「はっ」

叱られて、二人の背筋が伸びた。

「死んだ者だって、まっすぐちゃんと見てもらいたいのかもしれぬぞ。ほら、わしにはその死体がそなたたちと目を合わせたがっているようにも見えるがな」

「げっ」

片方が気味が悪そうに顔をしかめた。

「なんなら、触って目を開けてみてもよいぞ」

「いや、それは……」

もう一人は泣きそうになっている。

「奉行所には検死役の同心というのもいて、日々、江戸のほうぼうで見つかった死体を調べているのさ。最初のころは嫌でしょうがなかったらしい。そりゃあ、そうだよな。だが、百人、二百人と見ていくうちに、不思議なもので死体と話ができるようになるんだとさ」

根岸は友だちにでも話しかけるような口調になっていた。

「話を?」

「そう。痛かっただろうなとか、最後に会いたかった人もいるんだろうとか、声をかけてやるのさ。すると、答えてくれるらしいぜ。夜中に化けて来てくれるわけではないぞ。ちゃんと、聞こえてくるものがあるんだと。もの言わぬ声というやつさ。

その声のおかげで下手人が上がった例は数え切れぬほどだ」

「それは……」

「すごいです」

「うむ。わしもすごいと思う。日々の仕事に一生懸命取り組むと、いつの間にか常人とはかけ離れた力がついていたりする。わしもなんとか、そういう域までたどり着きたいと思っているのだが、容易なことではないよな」

「いえ」

「お奉行さまは……」

根岸の噂のいくつかは聞いたことがあるらしい。

「だから、そなたたちも、頼むぞ」

笑顔を見せて言った。

「はい」

若い二人はもう一度、顔を近づけて凝視した。

「どうだ？」

「わが組にはいません」

「違います」

二人とも根岸を見て答えた。

「うむ。頑張ったな」

二人を下がらせると、根岸は首をかしげて言った。

「始終、船を漕いでいると思ったが、あるいは本当に漁師並みの釣り好きでもあったのかのう」

二

坂巻弥三郎《さかまきやさぶろう》は、朝いちばんで佃島に来ていた。

一昨日、渡し船に乗らなかった女を探している。

辰五郎が生き残った益吉から聞いて来た話である。辰五郎にはまだ訊き込みをつづけなければならない者が何人もいて、この女のことは坂巻が引き継ぐことになった。「武家の女なら辰五郎より捜しやすいだろう」という根岸の判断だった。

佃島には一昨日の水難事故の余韻が残っていた。

渡し船の本来の船頭である寅二《とらじ》が、船の傷を修理していて、そこには数人の男たちが集まって話をしていた。通りを歩くと、坂巻の姿を見て、ひそひそ話をする者もいれば、路地の奥から読経の声が聞こえてきて、そこはおそらく網元の仙蔵と仙太の家らしかった。

「一昨日、ここらで若い武家の女を見かけなかったかね?」

洗濯物を干していたおかみさんに訊いた。

「ああ、そっちの住吉神社の境内にいた女のことですか？」

「境内だな」

「茶店の誰かに訊いてみてください」

島の北の端にある住吉神社に来た。佃島はほとんど人家だけの島だが、ここは境内だけあって、唯一、緑が濃い。いまは葉を落としているが、立派な藤棚がいくつもあるのが目立った。

「ここに一昨日、武家の若い女が……」

手前の茶店の女将に声をかけると、

「あ、来てました。やっぱり亡くなったんですか？」

悲痛な顔で訊き返してきた。

「亡くなった？」

「渡し船が転覆したのでしょう？　お乗りになるって出て行ったから」

「ところが、乗らなかったみたいなんだよ」

「そうだったんですか。よかった。まだ行方がわからない人もいると聞いたので、あの方もそうなのかと思ってました。でも、網元のところのお孫さんは亡くなったんですよね」

「そうなんだが……女とは、何か話はしたかい？」

「ええ。この神社に所縁《ゆかり》でもおありですかって」

「あったかい？」

期待して訊いた。あれば身元も突き止めやすい。

「いいえ。神社があると聞いてはいたので、一度、お参りしようと思っただけとおっしゃってましたよ」

「所縁はないとね」

「土地の人じゃないってことでしょうね」

「ここの神さまは？」

「住吉三神と言われる神さまたちと、神功皇后《じんぐうこうごう》さま、それと東照権現《とうしょうごんげん》さまを祀ってます。この島の者は皆、氏子ですよ」

「ほかに何か話してたかい？」

「いいえ。そんなに話したそうでもなかったんでね。どことなく物思いにふけっているふうでしたよ」

「身なりなどは？」

「ちゃんとしてました。おそらく浪人者の娘さんなどではありませんよ」

「着物の柄は？」

「縞の目立たないやつでしたかね」

「鉄漿《かね》は？」

「してませんでしたよ」

ということは、人妻ではない。

これ以上は何も聞けそうもない。

隣の茶店の女将にも声をかけたが、ただ首をかしげただけだった。

坂巻は渡し場のほうにもどった。

このあたりに泊めてあった小舟に乗せたらしいという話である。

しばらく立っていると、漁師がもどって来た。

「一昨日の晩、武家の女を乗せた男を捜しているのだが」

「あ、それは、おらのことです」

と、硬い顔になった。

「仙太に頼まれたんだろう？」

「ええ。この人は、深川のほうに渡るんで、遅くなるから乗せてやってくれと。船賃はおれが払うからと」

「だが、仙太は一昨日、溺れちまった」

「ええ。なんでも、刺し傷があったんだそうですね」

やはり噂になっているらしい。

「その女を乗せて行ったところまで、わたしを乗せてくれないか。一昨日の分と今日の分の船賃を払うよ」

「それはかまいませんが」

漁師の舟に乗った。猪牙舟よりさらに二回りほど小さな舟である。かなり流れに揉まれる。冬の大川をこれに乗って渡るのは、女には恐くなかったのか。

佃島を離れると、石川島沿いに右手に迂回していく。

そのまま、二手に分かれるあたりの大川を斜めに横切って行く。

「女とは何か話したかい？」

「いえ。とくには」

「舟を恐がってなかったかい？」

「いえ。あ、そういえば若い娘さんが恐がっていなかったのは不思議ですね」

「うん。そう思うだろ」

「あの娘さんは降りるときも慣れた動きでしたよ」

「ほう」

深川の掘割に入った。

「ここは油堀《あぶらぼり》の西横川《にしよこがわ》だろう？」

「そうです」

まっすぐ行けば、根岸の愛用する船宿〈ちくりん〉があるあたりに出る。その途中で岸につけた。

「ここらで降ろしてくれとおっしゃいました」

「では、わたしもここで下りるよ」

船賃を多めに渡して、河岸を上がった。

坂巻は周囲を見回した。

福島橋《ふくしまばし》のたもとである。右に行けば永代寺《えいたいじ》の前に出る。左のほうに行けば永代橋が近い。

——住まいはここらあたりなのか。

町人地である。漁師が多い。それとあさりの殻を剝いたりするので生計を立てる者もいる。武家の娘などはまったく見かけない。だが、身なりはちゃんとしていたし、いかにも武士の娘というふうだったという。

坂巻は北風が吹き過ぎる深川の小さな橋の上に立ち尽くした。

辰五郎は本湊町の娘のところに来ている佃島の漁師、安治《やすじ》の話を聞いた。

「ちょっとでも、どんなことでもいいから、思い出してくれ。ほかの客のことでもいい」

「それがあんなことになるとは思ってねえから、何にも見てねえんです。座ったところもいちばん前だったんでね」

安治は対岸にできつつある新しい家のつくりが気になって、船の中の客のことなどほとんど気にも留めなかったらしい。長旅ならともかく、たちまち渡り切ってしまう船の中である。辰五郎もそんなものだろうと思った。

次に、築地明石町《あかしちょう》の発句の師匠、若右衛門《わかえもん》のところに来た。

家の前に立ち、

「ごめんよ。若右衛門さんはいますかい？」

と、中に声をかけた。

「なんだい？」

路地で臼《うす》を洗っていた男が、辰五郎を見て訊いた。

「いえ、発句の師匠をしている若右衛門さんを訪ねてきたんですがね」

「発句の師匠の若右衛門はあたしだよ」

「………」

だが、別人である。一昨日に溺れかけた若右衛門はもっと痩せていた。

こっちは一昨日の若右衛門より十ほど年上に見えるが、肥って元気そうな男である。とても発句を詠むような男には見えない。食いもの屋を始めてはすぐにつぶしてしまう男にこういう男がいる。人に食わせるより、自分で食ってしまうほうが多かったりする。

「先代の若右衛門さん？」

「先代も何も、若右衛門はあたし一人だけですよ」

「一昨日、佃島からの渡し船にお乗りになった人は？」

「うちにですか？　あたしはいま、筏《いかだ》で大河を下るように、一人暮らしをしています。じつに寂しいものです。この長屋のほかの者ではないんですか？」

「……………」

辰五郎はしばらく言葉を失った。

三

船松町の番屋で、次々に入ってくる報告を書きつけては新たな命令を下しているうち、根岸は腹が痛くなってきた。

胃なのか腸なのかはわからない。とにかく、腹の真ん中あたりがきりきりっと痛くなる。吐き気もする。

今朝、医者に診てもらったばかりである。とくに悪いところはないと太鼓判を押された。となれば持病というものではない。

何か悪いものでも食ったのだろうか。

昼飯は栗田と同じものを食った。隣の店から届けてもらったしっぽくうどんである。栗田はなんともなさそうである。だが、栗田などは化け物みたいに丈夫なやつで、何を食ったって腹など壊さない。

「お奉行、どうかなさいましたか？」

「うむ。ちと、腹が痛くてな」

「ご無理はせず、ちっと隣の二階でお休みになってください」

と、栗田は心配そうに言った。

「いや、大丈夫だ。なにかちょっと悪いものでも食べたのだろう」

「変ですよね」

「何が？」

「朝飯もおいらと同じでしょう？」

「そうだったな」

栗田は今日も泊まり込みで、奉行所で奥女中がつくってくれたものを食っていた。

「お奉行。これからは外ではあまり飯などを食べないほうがいいかもしれませんね」

眉をひそめ、小声で言った。

「そなた、何を言っているのだ？」

「毒かもしれませんよ」

「毒？」

「はい。お奉行を亡き者にしたいやつらは、この江戸に五万といますでしょう。そいつらがそっと近づいて、お奉行の食いものに毒を入れたかもしれません」

栗田は真面目な顔である。

「だとしたら、やっとわしも一人前ということだ」

「え？」

「悪党どもに毒を飲ませたいと思われるくらいでなければ、町奉行などやっていられないというのさ。そんなことより、もう少し大きな切り絵図はないか？」

栗田の妄想の相手などしていられない。

とはいっても、痛いものは痛い。ちらりと、尾張町で人気というイチョウの胃腸の薬のことが思い浮かんだ。

そのとき——。

「お奉行さま」

辰五郎が走って飛び込んで来た。かなり慌てている。

「どうした？」

「いま、一昨日、船から落ちて助けられた若右衛門という男を訪ねたのですが、別人でした」

「なに」

「若右衛門ではなかったんです。あの野郎、嘘をついていやがったんです」

「ほう。それは面白いではないか」

根岸は逆に嬉しげな顔をした。

「一昨日、若右衛門を家まで送って行った小者はいますか？」

辰五郎がそう言うと、土間にいた小者が、

「あっしだよ」

と、おどおどしたように立ち上がった。

辰五郎は奉行所の小者とともに、ふたたび築地明石町の若右衛門の長屋にやって来た。

「ここなんですね。若右衛門といっしょに来たのは？」

と、辰五郎は小者に訊いた。

「ああ、ここだったよ。そうそう、ここまで来て、あの男は看板を指差したんだよ」

　長屋の路地の前に粗末な木戸がつくられ、その上に看板がいくつか貼られていた。そのうちの一つに「発句川柳教授　木下白冬《きのしたはくとう》　若右衛門」と書いてある。

「それで、奥から二軒目がわたしの家ですが、なんのおかまいもできませんので、ここで失礼させてもらいます、と頭を下げたので……」

「家に入るのを見届けず、ここで帰ったってわけですね？」

「ああ。まさか、そんな嘘をつくとは思ってなかったからな」

　奉行所の小者は済まなそうな顔をした。

　辰五郎のところの下っ引きなら、「馬鹿野郎。なんで中に入るまで見届けねえんだ」と怒鳴っただろう。だが、相手は奉行所直属の小者である。辰五郎のような外部の小者よりはいくらか立場は上なのである。

　それに、無理もないのだ。まさかそんな嘘をついているとは、あの場の誰も思っていなかったはずである。

　音松の彫り物といい、若右衛門が贋者だったことといい、あの渡し船の客は謎だらけではないか。

　だが、さっき根岸は辰五郎が出ようとすると、こう言ったのだ。

「わしが訊いたとき、贋の若右衛門は、二人の武士が連れではないと断言しようとしたのさ。ということは、少なくとも、武士二人と贋の若右衛門が何か関わりがあるというのがわかったではないか」と。

たしかに、ぼんやりとだが、ようやく下手人の姿が見えてきた気がした。

四

奥女中のおかよが言ったように、尾張町に新しくできた薬屋〈甘味堂《かんみどう》〉は繁盛していた。

根岸は栗田と久助とともに列に並んだ。まだ間歇《かんけつ》的に腹痛が襲ってくる。薬で楽になるなら早くそうしたい。

「並ばなくとも」

栗田が前に行こうとするのを、

「よいよい。これくらいの列を乱さなくていい」

根岸は押しとどめ、

「効くのか?」

と、前に並んでいたおかみさんに訊いた。

「効くのなんのって、あたしゃあんなに苦しんだ胃痛が三日くらい飲んだらきれいに治ったもの。これは常備しておかなくちゃと買いに来たんだよ」

「そうだったのか」

並んでいると、いろいろ噂話が耳に入ってくる。

「イチョウの葉っぱが効くっていうけど、そんなもの、すでに散ってしまってないだろう？」

「いや、あるよ。築地の浪除神社《なみよけじんじゃ》のわきに落ち葉がいっぱい残ってたぜ」

「落ち葉じゃ黄色いだろう。それじゃ、駄目らしい。青い葉っぱでないと効能はないんだとよ」

「なるほど。すでに入手できない季節か」

「だからこそ薬なのさ」

根岸たちの後ろに並んだ男二人は、そんな話をしていた。

「あれが甘味堂のあるじだよ」

と、店の前に出てきた男を指差した。小柄でにこにこした男だが、どことなく遊び人ふうのだらしなさも感じられる。

「もとは饅頭屋だったんだろ」

「たいした職人じゃなかったらしいぜ」

「饅頭屋がいきなり薬をつくるかな」

「つくったのはちゃんとした医者らしいぜ。袋にも誰々の調合って書いてあるそうだ」

「それがこんなに売れに売れて。笑いが止まらねえだろうな」

後ろの男たちはそんなことも言った。

薬を買うだけだから、長い列もどんどん進む。まもなく根岸たちの番が来た。いちおう三人で一袋ずつ買った。そう高くはないが、そこらに落ちているイチョウだと思うと、騙されたような気になる。

「すぐに飲まれます？」

と、久助が訊いた。

「飲みたいが、これを霊岸島《れいがんじま》の佐藤吟斎《さとうぎんさい》のところに持っていってからだな」

根岸はそう言って歩き出した。

・

「ほう、これがイチョウの薬ですか。噂は聞いてました」

と、吟斎は言った。

吟斎は市井《しせい》にあって信頼できる医者である。坂本考庵も優秀な医者だが、なんせ幕閣や大名のあいだでも有名で、かんたんに呼び出したりするのも気が引ける。吟斎は訪ねてくればたいがい会える。

「じっさい、いま腹が痛いのだが、この流行っている薬を飲んでいいものかと思ってな」

「お顔の色もよくありません。何か悪いものでも食べたのでは？」

「それがまるで思い当たらぬ。朝、昼はこの者たちと同じものを食べているし」

根岸がそう言うと、栗田はうなずいてみせた。

「そんなときでも、流行りの薬を試してみたくなるという根岸さまの好奇心には頭が下がりますな」

「大勢が飲んでいて、具合が悪くなったという話もないので、大丈夫だとは思うのだがな」

「イチョウのほかにも二種類ほど入ってますね。ドクダミとこれはたぶん柿の葉でしょうな」

吟斎は、袋の粗い粉末を指でかきわけるようにして言った。

「では、煎じてみてくれ。飲んでみよう」

根岸は早速試してみるつもりである。

「イチョウが血の道にいいとは言われてきました。だが、胃や腸にいいというのは初めて聞きました」

「わしも聞いたときはダジャレだろうと笑ってしまったよ」

「根岸さま。薬の効果というのは判断が難しいですよ」

「だろうな」

「唐の国では何千年も前から人に試しつづけ、その効果を確かめてきました。逆に言うと、本当に効果を証明するには何千年も必要とするのかもしれません。新しい薬の効能をひとことで言ってしまうのはたいへん危険なのです」

「うむ」

「しかも、薬というか病そのものというのは、気持ちの持ちようというのもじつに大きいのです」

「病は気からというしな」

「はい。もし、このイチョウの薬がそれも知ってのうえでたくらんだことであるなら、それこそ名医の仕事であり、人助けと言っても間違いではないでしょう」

「医者も手伝ったが、発案し、売り出したのは畑違いの饅頭屋だ」

「だから、甘味堂なのですか」

「薬屋の株仲間には口うるさいのが多いからな。そういう名前じゃないと認めないなどと言われたのかもしれぬ。なあ、吟斎。医術や薬には、たしかに病は気からというものが大きいだろう。だが、そういうものを奉行所がよしとすると、巷はあっという間にそうした薬ばかりになっちまう。信じて飲めばなんでも効く。そのなかで、ほんとうに効く薬を探して、日夜、研鑽している医者や薬屋は努力が馬鹿馬鹿しくなってしまう。そんなものを地道に探すよりは、毒にも薬にもならないものを宣伝で儲かる薬にしていったほうがいいと。そういう世の中のほうがいいと思うかい？」

「それは、困りますね」

「だろう。だから、わしらもそうしたものはきちんと目をつけておく必要がある。ま、そこらは兼ね合いってのも見るつもりだが、口先だけの嘘っぱちの薬は許すわけにはいかぬのさ」

　薬が煎じられた。

　茶のようにする。ドクダミが入っているので薬のようではあるが、さほど味はしない。

「どうです？」

「うむ。なんだか胃がすっきりするような気はするな」

「濃い緑にはそういう効能があるらしいので、青いイチョウの葉でつくったというから、まんざら気のせいではないのかもしれませんね」

「だが、嘘っ八《ぱち》はまずい。久助。あの甘味堂のあるじを探ってみてくれ。饅頭屋がどうして薬などを売るようになったのか」

　と、根岸は振り返って、後ろで座っていた久助に言った。

「わかりました」

「薬は毒にもなるのでな」

五郎《ご ろ》蔵《ぞう》は渡し船の転覆以来、根岸のためにずいぶん動いていた。猪牙舟より一回りほど小さな舟で、若い衆《し》を一人乗せ、昨日、今日はずっと江戸の水辺を探索していた。

探していたのは、消えた屋形船である。

「すまんな。暮れの忙しいときに、おれが余計なことをしていて」

と、五郎蔵は若い衆に言った。

「いいえ。気にしないでください」

「根岸は水の上のこととなると、あまり得意ではないだろうと思ってな」

「お頭はほんとに根岸さまのことが好きなんですね。いえ、もちろん変な意味じゃなくてですぜ」

「あいつとおれは持ちつ持たれつだったのさ。二人ともぎりぎりのところにいて、二人が似たようなところにいたから、闇のほうに落っこちないで済んだのさ」

「へえ」

「そういう仲だからな。いまだに困ったときはお互いさまなんだよ」

風が冷たい。

日本橋川を下っているが、ここを調べるのはもう三度目である。

「それにしても、これだけ探しても見つからないのは変だな」

「ええ。もう、修理も済ませちまったんでしょう」

「ぶつける前の舳先に被いみてえな材木をくっつけておけば、修理もいらねえ。そいつを取り除くだけだしな」

「なるほど」

「そういう仕事ができるってことは、船を商売にしてるヤツらなんだろうな」

「というと？」

舟が大川に出た。

前にお船手組の船がいる。「む」と書かれた旗は、向井将監組の印である。二丁《にちょう》櫓《ろ》の小舟で舟足を速める訓練をしているところらしい。

「なんだか危なっかしいな」

五郎蔵がそう言ったとき、白魚《しらうお》漁の小舟とぶつかりそうになった。

「おっ、ぶつかるぞ」

どうにかすり抜けたが、漕ぎ手の一人がよろけて水に落ちた。

どうせお船手組の者だから、なんなく這い上がるだろうと思って見ていると、落ちたほうはやけにもがき出した。

「おい、あいつ、泳げねえみてえだ」

五郎蔵が言った。

「まさか、それはねえでしょう」

「見てみろよ」

「ほんとですね」

五郎蔵たちは呆れながら舟を寄せた。

舟の上にいる若者も慌てていて、竿を差し出すがそれで顔を突っついてしまったりしている。

「飛び込んで助けますか?」

五郎蔵のところの若い衆が訊いた。

「まあ、待て。向こうも面目ってえものがあるだろうよ」

すぐ近くまで来て、いざというときには助けられるようにしたまま眺めた。

ずいぶん水を飲んだようだが、なんとか竿をつかみ、引き寄せられて這い上がった。

「なんとか大丈夫だったな」

「あれでもお船手組ですかね」

若い衆は露骨に呆れた顔をした。

「まだ、ひよこなんだろう」

上がったのを見て、五郎蔵たちはその場を離れた。

五

久助が船松町の番屋に顔を出したのは、暮れ六つの少し前あたりだった。

「お奉行さま。どうですか、腹の調子は？」

「む。よくなった」

「よくなったのですか。では、効いたのですね、あの薬が」

「あるいは気のせいかもしれぬがな」

「ずいぶん話を聞いてきたので、とりあえずご報告を」

「む。くすぐりはいらぬぞ」

と、根岸は言った。

久助は幇間をしているくらいで、話がうまい。というか、面白い。合い間に冗談が入る。忙しくないときは、そうした合い間の冗談も楽しみながら聞くが、なにせいまは逼迫している。調べることばかり多いが、突破口はなかなか見つからないでいる。だから、手短に話してくれという意味である。

「わかりました。まず、甘味堂のあるじは伸治《しんじ》といって、菓子職人だったのはたしかです。腕は見る人にもよりますが、まあまあといったところ。ただ、一つところに腰が据わらず、といって自分の店を持つほどの金もなく、大きな菓子屋を転々としてきました。イチョウの薬の相談に乗ってきたのは、南紺屋町に住む小関亮斎という医者で、この人はもう四十年も医者をやってきてますので、藪ではありません。甘味堂の伸治のことは、伸治の母親をよく知っていて、昔から面倒を見てきたそうです。ただ、この亮斎と伸治は顔がよく似ているんです」

医者で、この人はもう四十年も医者をやってきてますので、藪ではありません。甘

「なるほど」

根岸はにやりとした。

「ま、そこらは必要に応じて調べますが、とりあえずいまは。それで、伸治が十月（旧暦）の終わりごろ、イチョウの青い葉っぱを持ち込んで、亮斎にこう言いました。イチョウの葉っぱを嚙んでいると、胃がすっきりするんです。薬になりませんかねと。持っていたのはイチョウの青い葉っぱでした。いまどき、イチョウの青い葉っぱはめずらしいなというと、青いうちに、大量に塩漬けをつくっておいたのだそうです。そんなもの、どうして塩漬けにしたのだと訊くと、なにか金になりそうだと閃いたのだそうです」

「閃きとな」

「亮斎も緑の葉っぱは胃腸をすっきりさせるというのは昔から感じていたので、これにやはりそうした効果がありそうなドクダミと柿の葉を少しだけ加え、煎じ薬にしてみました。これを胃腸の調子がよくないという患者たちに試してみたところ、効いたという話がどんどん出てきました。これは宣伝して売り出すと、売れるかもしれない。亮斎はそう思いました。イチョウと胃腸の言葉のつながりも、宣伝にはぴったりだろうと。亮斎というのはけっして金儲け一辺倒の男ではないのですが、このときは一生懸命になったそうです。つぶれた薬屋を知っていて、その株を買い取り、尾張町に店を持たせました」

「そりゃあ、顔が似ているおかげだろうな」

と、根岸は笑った。

「甘味堂という店の名は、お奉行さまがおっしゃったとおり、株仲間の嫌味のせいだったようです。ただ、店を開いてみたら、亮斎の患者が尾張町の薬屋まで胃腸の薬を買いに来る。これもよかったみたいです。そんなに効くのかなと噂になりました。加えて、イチョウと胃腸のごろ合わせみたようなのは、やはり庶民の気持ちにすうっと入るんですね。半月もしないうちに、この薬は評判になり、いまの繁盛が始まったというわけです」

「伸治というのは、調子づいてるのか？」

「そりゃあまあ、飛ぶように売れてますんでね。ただ、亮斎には感謝してるし、薬屋はおれの天職かもしれないので、一生懸命やっていくんだ、それと儲かった一部は本願寺に寄進するつもりだと、意外に殊勝なことを言ってました」

「十手は見せたんだろ？」

「ええ。まずかったでしょうか？」

久助は不安そうに訊いた。

「いや。かまわぬ。だいたい、わかったよ、久助」

「わかったとおっしゃいますと？」

「仲治がなんでイチョウの青い葉っぱを大量に塩漬けにしていたのか。なんで、それを薬にしようと思ったかだよ」

「それがわかったのですか……」

久助は唖然としている。

「日本橋に山一屋《やまいちや》という菓子屋があるだろう？」

「ええ。大きな菓子屋です。あそこのスズメ饅頭は江戸でも食ったことがないというやつはいないんじゃないでしょうか」

「その山一屋が、今年の冬に新しい菓子を大々的に売り出そうという計画があったのさ。それは、イチョウ餅という菓子でな、饅頭みたいなものを二枚の青いイチョウの葉で挟むという、なかなか洒落た見かけのものだった。わしはその試作の品を食べさせてもらっていたのさ」

「そうでしたか」

「ところが、その計画は取りやめになった。なんでも、大奥の女たちに献上した試作の品はあまり評判がよくなかったらしい。しかも、イチョウの葉の塩漬けも、何がまずかったのか、変な匂いがするようになってしまった」

「それで、いまの富士饅頭を」

富士饅頭は富士のかたちをした饅頭で、贈答用として売れに売れているらしい。

「伸治は山一屋で働いていたことはなかったか？」

「ありました。いつごろかはわかりませんが、転々としたなかに山一屋の名前もありました」

「そのとき、イチョウ饅頭のことを耳にしたのだろうな。それで、イチョウの青い葉をいっぱい漬けておき、山一屋の葉が駄目になったとき、高く買ってもらえるような準備をしていた」

「あ、まさか、イチョウの葉が変な匂いがして駄目になったのは、伸治のせいですか？」

「それはたぶん違うと思う。前に山一屋のあるじと話したときは、漬けるとき、変な香料を使ったのが失敗だったと言っていた。伸治のほうは忍び込んで、漬けている甕《かめ》を割るくらいのことを考えていたのではないかな。だが、イチョウ饅頭そのものの企画がつぶれ、イチョウの葉っぱも必要なくなってしまった」

「間抜けな野郎ですね」

「そこまではな。だが、伸治は役に立たなくなったイチョウの葉を噛んだりするうち、胃と腸にいいのではと閃いた。さっそく、それを旧知の小関亮斎に相談したというわけだ」

「なるほど」

「悪事が挟まれるかもしれなかったが、それはなされずにすんだ。やったとしても、たいした悪事ではなかったかもしれない。だが、伸治がこの先、ずっとろくでもないことをしていく第一歩になっただろう」

「たしかにそうですね」

「そういうときというのはあるんだよな。一歩間違うと、向こうのほうに行ってしまうときが」

根岸は感慨深げにつぶやいた。

栗田次郎左衛門《じろうざえもん》は、夕方から仙太の祖父である仙蔵の足取りを追った。

仙蔵は渡し船などには乗らなかった。自分の舟で渡って来て、どんなに酔っ払っても自分の舟で佃島に帰る。

家族が言うには——。

酒に強く、飲み過ぎてもだらしなくは酔わない。舟を漕いで佃島に着くころには、ほとんど足取りも乱れていなかった。

この晩もそうだった。

行きつけである本湊町の飲み屋には顔を出した。ただ、それは暮れ六つを過ぎてまもなくである。

ほかの行きつけである船松町の二軒の飲み屋には顔を出さなかった。

遺体が見つかったのは、亥ノ刻（午後十時ごろ）くらいだった。夜釣りの舟の出入りがあるから、亡くなった刻限もそう変わらないはずである。

とすると、それまでどこで何をしていたのか。

「仙蔵は、喧嘩早かったかい？」

と、飲み屋のあるじたちに訊いた。

「いや。向こうっ気は強かったが、やたらと喧嘩する男ではなかった。頭のいい人だったから、喧嘩して得になることなどないってよくわかってたんじゃないかね」

皆、そんなふうに証言した。

栗田は佃島に行き、家族に訊いた。

「仙蔵は最近、誰かと揉めてたりはしなかったかい？」

「さあ。家じゃあんまりそういう話はしなかったんです。あっしが揉めごととか嫌いで、悩ませたくなかったってこともあったかもしれません。ただ……」

と、仙太の父親が力のない声で言った。

「ただ、なんでえ？」

「うちの孫の仙太と、外孫の鮫二《さめじ》とは気が合っていて、あいつらとはそういう話をしてたかもしれませんね」

仙太も亡くなってしまった。

「鮫二の話は聞けるかい？」

「鮫二はいませんよ」

「いねえ？」

「爺ちゃんと仙太がつづけて死んだりしたもので、伊勢参りにでも行って来るって急に旅立ったらしいんです」

いわゆる抜け参りである。親にも無断で出かけたりするので、道中手形も持たずに旅をする。柄杓《ひしやく》一つ持ち、これで物乞いをしながら、往復するのだが、それでもなんとかなってしまう。

「いつ出たんだ？」

「転覆した次の日みたいです」

「鮫二は渡し船に乗ってなかったのか？」

「さあ」

　仙太の父親は首をかしげた。

　確かめようにも、生き残った者で鮫二の顔を知っているのは漁師の安治だけだろう。だが、安治はいちばん前に座っていて、後ろをほとんど見ていない。あの現場からいなくなった一人は、鮫二ではないのか。

「ところで、仙蔵は網元だろ？」

「網元と言っても、佃島は昔から皆、親戚同士みたいなもんだから、ほかの村みたいな網元とは違います」

「じゃあ、有力者かい？」

「ま、そんなところでしょうか」

「だったら、ほかのところの漁師と揉めたりもするだろう。佃島の漁師が鼻息が荒いのは有名だぜ」

「ええ。でも、おやじはそこらもやたらと喧嘩をするのは好んでなかったです。ただ、自分たちは特別だという気持ちは強かったみたいです」

「そりゃあ権現さまのお墨付きだもんな」

と、栗田はちょっとからかうように言った。

六

神楽坂にあるおゆうの店は、見事なくらいに客が入っていなかった。

今日は三日ぶりに客が入りそうになった。二人づれで、いったんは中に入ったのだが、ほかに誰もいないので怯えるような顔になり、出て行ってしまった。

いったい、何が悪いのだろう。

おゆうはずいぶん考えてみた。この坂にある店もさりげなく見て回った。

流行《はや》っている店と流行らない店がある。どこが違うのか、よくわからなかったりする。同じような店でも、流行っていたり、そうでもなかったりする。

自分は愛想がなさすぎるのか。

だが、茶店でやたらと愛想がいいというのもおかしいだろう。

新宿の茶店も同じように接客していたのだが、あそこはたくさんお客が入ってくれた。

道を通る人の数が違うのか。だが、新宿は人が多い分、店の数も多かった。それにこの神楽坂だって、人通りは少なくないし、上の毘沙門さまの参拝客はずいぶんたくさんいる。

おゆうは外に出て、坂を毘沙門さままで登り、それからゆっくり下ってみる。道の両側を見ながら歩いた。

自分の店も、他人の店のように眺めてみる。「茶みせ」と書いたのれんを下げている。すっきりした紺地ののれん。上品過ぎたのか。だが、目立たなくはない。

下まで降りて、また登ってみる。こんな坂の途中では、お茶を飲もうなんて気にはなれないのか。登り切ってからにしようと思うのかもしれない。

——なにか効き目のある術でもないものかしら。

冗談みたいにそんなことを思った。もちろん、ふまの者としての術に、店を流行らせる術などというのはなかった。

坂巻弥三郎に相談しようかとも思うが、ここを勧めてくれたので逆に相談がしにくい。責任など感じさせたら可哀そうである。

坂巻もまさかここまで流行っていないとは思っていないだろう。来るときはたいがい、店を開けたばかりのころか、店を閉めようとしているときである。日中、これほど客がいないなんて想像もできないだろう。

「ふう」

と、ため息が出た。

暮れにこのまま入金がないと、年を越すのは難しいかもしれなかった。

栗田次郎左衛門は、かなり疲れて八丁堀の役宅にもどった。

雪乃が重そうな身体で立ち上がろうとする。

「おう、茶漬けくれえ、自分でつくれるぜ」

「なに、言ってんの。徹夜で働きつづけているお前さまに、茶漬けなんかつくらせたらバチが当たるわよ。それより、今日はお腹の子が凄く動くのよ。触ってみて」

栗田は言われるままに雪乃の腹に手を当てた。

ぐいっと押してくる感覚がある。

——なんだ、これは?

と、栗田は思った。赤ん坊のようではなかった。

「何してるんだ?」

「足を動かしてるんでしょ」

「足か?」

赤ん坊の足のような気がしなかった。長い棒のようなもので、向こうからこっちをつーっと撫でたみたいだった。長い杖を持った醜い顔の仙人みたいなものが頭に浮かんだ。

「大丈夫かな？」

不安になって訊いた。ちゃんと、人間の赤ん坊が入っているのだろうか。おかしなものを宿したといったことはないだろうか。

根岸の下で働いていると、いろいろ不可解なできごとに遭遇する。調べればたいがいは人のしわざだったりする。それも損得がからむ。

ただ、『耳袋』には、どう解釈しても不思議だという話がいっぱい載っている。そういった類のことが、いま雪乃の身に起きていたとしても不思議ではないだろう。

「何が？」

「いや、別に」

お腹に醜い顔の仙人がいるのではないかとは言えない。

「あらあら、父さまが帰って来たから嬉しいのね。そんなに暴れて」

と、雪乃は嬉しそうにする。

「そんなことわかるのか？」

醜い顔の仙人が、栗田に撃ってかかろうとしているかもしれないではないか。

「わかるわよ。母親はわかるの。だから、いつもやさしく話しかけて、赤ちゃんがおだやかな気持ちでいられるようにしてあげなくちゃいけないの」

「ふうん」

満ち足りたような雪乃の顔を、栗田は不思議そうに見ていた。

根岸肥前守が暮れ六つごろになって南町奉行所にもどって来ると、奥女中のおかよが不安げな顔で、

「お奉行さま。ここにあった水をお飲みになりましたか？」

と、台所の隅を指差して訊いた。

「うむ。飲んだ」

今朝、出かける前に、考庵との話から近ごろ佐渡の水を飲んでいないことを思い出し、新しい樽から柄杓で一杯、きゅーっと飲み干してから出たのだった。

「お腹はなんともないですか？」

そう言われて、すぐにぴんときた。

「あ、これか」

「やはり」

おかよが不安げな顔になった。

「腹が痛くなって薬を飲んだ」

「申し訳ありません。開けられてあったので匂いを嗅いでみたら、変な匂いがしました。傷んでいたと思います」

「そうか。これのせいだったか」

「昼ごろ気がついて、お奉行さまが心配で船松町の番屋にも行ったのですが、すでに出かけられたと。では、なんともなかったのだと安心してしまいました」

「うむ。いい薬があったものでな」

「確かめずに置いておいたりして、申し訳ありませんでした」

「いや、理由がわかればよいのだ」

「水は処分しておきました」

見ると、三樽ほどあったものはすでに片づけられていた。

根岸はふと、

――水も腐れば、水の民も腐るのだろうか。

と、思った。

第三章　鬼火釣り

一

「鬼火って人魂《ひとだま》とは違うんですか？」

と、深川芸者の力丸《りきまる》が訊いた。

「違うんだろうな」

五郎蔵《ごろぞう》が言った。

深川の油堀に面した船宿〈ちくりん〉の二階に、根岸《ねぎし》、五郎蔵、力丸、それに栗田《くりた》がいる。

いまは夜ではない。昼の席である。根岸は昼のこうした席は嫌いではない。酒はあまり飲めないが、何となく気が休まり、午後からの仕事も頑張ろうという気になれる。

根岸は〈ちくりん〉には、忙しくてなかなか来られないでいたのだが、渡し船の転覆では、五郎蔵には行方不明になった者の捜索だけでなく、いろいろと協力してもらっている。その礼ということで急遽、一席設けたのである。忙しい力丸も、昼にはどうにか都合がついて、駆けつけてくれていた。

もっとも、五郎蔵らの努力も空しく、調べはほとんど進んでいない。今日は転覆から四日目だが、死んだ武士の正体はわからず、行方不明の二人も見つかっていない。

行方不明の者は当然、犯行に関わった者だったのだろう。死なずにどこかに上がって逃亡したのだ。

栗田から、仙太のいとこで鮫二という若者がいなくなったという報告があった。

「おそらく間違いあるまい」

と、根岸も言った。

このため、昨日で行方不明の者の捜索は終了となっていた。

亡くなった武士は、今日の朝、荼毘《だび》にふした。これだけわからないのは、他藩の武士であるという線が濃い。しかも悪事に関わっているという懸念があれば、藩のほうでも名乗り出ず、そのままにされるだろう。身元は永遠に明らかにされないままとなる。

さて、鬼火の話は五郎蔵が持ち出した。

なんでも渡し船が転覆した数日前に、お浜御殿の沖あたりに、鬼火が出ていたのだという。

それが、行方不明者の捜索をしている船乗りや漁師、お上の者たちのあいだで話題になっていたらしい。

「どう違うんですか？」

と、力丸はさらに訊いた。

「人魂ってのは死んだ者の魂で、墓場あたりに出没するんだろ？」

五郎蔵は言った。

「そうですね」

「鬼火はどこにでも出る。人魂だという者もいれば、違うという者もいる」

今度、目撃されたのは、小さな火がいくつも出て、それがふうっと一つにまとまったかと思うと、また、すうっと離れたりしたらしい。

「それで大騒ぎだ。お船手組の若い者など震え上がっているらしい」

「しょうがないのう」

と、根岸が苦笑した。

お船手組の見習いには、ろくに泳げない者もいるという話は、さっき五郎蔵がした。それほど極端な者はまれにしても、かなり士気が落ちているというのは疑いない。もっとも、それは武士全体に言えることかもしれない——と、それは五郎蔵の厳しい見方だった。

「鬼火など、おれはいくらも見てきた」

と、五郎蔵がいささか自慢げに言った。

「何なのだ？」

根岸が訊いた。

『耳袋』にも、その手の話はいくつも書いている。

残念なことにどれも他人が見た話である。ただ、他人とは言っても、根岸の親しい友人がじっさいに見ていたり、信頼できる知人の話だったりしたので、書きとめておいた。

そのうちの一つは、こんな話だった。

ある人が葛西《かさい》のあたりに釣りに行った。

江戸川の河口にあるひなびたところで、釣りにはいいが、人家はほとんど見当たらない。

いざ、釣り糸を垂らし始めたはいいが、釣竿のあたりに、おびただしいブヨがたかってきた。

ブヨというのは、蚊と同様に人の血を吸ったりして、なにやら汚い感じのする虫だが、じつは清流を好む。蚊と違い、人家の多いどぶ川なんぞには発生しない虫である。

だから、葛西あたりで見かけても不思議ではないのだが、これを近くで見ていた老人が、

「このあたりに人魂が落ちたんだよ。だから、ブヨがこんなにいっぱい集まってきているのじゃ」

と、言ったそうだ。

この話とは別に、わたし（根岸）の知人が、明け方から出かけて釣りをしていたら、人魂がふわふわっと出てきたと思ったら、すうっと草むらの中に落ちた。

——いまのは何だったのか。

と、知人は草むらをかきわけ、そのあたりに行ってみたところが、なにかぶくぶく泡が立っているものがあった。

しかも、変な匂いもしている。

これが人魂だったのかと見ていると、それは大量のブヨとなって飛び回りはじめたという。

この二つの話を合わせてみるに、ブヨという虫は、人魂と関係があるのかもしれない。それは清流とも関わりがあるのか、あるいは蜻蛉《とんぼ》が竿の先にとまるように、釣竿を好むのか、そのあたりはわからないことだらけである。

……と、そんなことを書いた。

こっちの人魂は、墓場とはあまり縁はない。では、鬼火と近いものなのか。

ここは、五郎蔵の見聞に頼るしかない。

「いろいろだな」

と、五郎蔵は言った。

「やはり、いろいろか」

根岸も納得した。人もいろいろである。当然、人魂もいろいろだろう。

「まず、海には光る魚がいる。おそらくずいぶん深いところにいる魚なんだが、嵐のあとなど、上のほうに出てきたりする。それが光るのさ」

「そういう魚はわしも何度か見たことがある」

根岸は若いときに、品川沖で夜釣りをしたときに見た覚えがある。

「海そのものが光るときもある。江戸湾では見たことはないが、おれは下田の海で見た。水面《みなも》がすうっと光るのさ。あれは幻想のような不思議な光景だった」

「まあ」

と、力丸がじっさいきれいなものを見たように目を細めた。

「しかし、同じ鬼火を見たはずなのに、人によって言うことが違う。色やかたちまで違ったりする」

「それは、そうしたものさ」

と、根岸は言った。鬼火だけではない。殺しの現場の証言も、下手人の目撃談も、人によってまるで違うことを言ったりする。

「ただ、渡し船の転覆の数日前というのは気になるな」

と、五郎蔵が言った。

「うむ。気になる。だが、何か関わりがあるのか、さっぱり見当がつかぬ」

「それでな、お浜御殿の前の海まで、鬼火を釣りに行った者がいた。伝次郎《でんじろう》というちと変わった男なんだが」

五郎蔵が面白そうに言った。

「変わった男?」

根岸が興味を示した。変わった話や変わった人間は大好きである。

「奇妙な話を渉猟して書物を書こうというつもりらしい。根岸の書いた書物のことを知っているかと訊いた」

「知ってたのか?」

と、根岸は悪戯っぽく顔をしかめた。

『耳袋』は思いのほかたくさん、写本が出回っている。初期のものには秘帖版に書いたほうがいいようなものも何本か入っていたりするので、できれば回収したいが、もとはと言えば書いた自分がもたらした結果である。自然に消えるまで待つしかないと思っている。

「もちろんだ。『耳袋』を越えるのが夢なんだそうだ」

「そりゃあ、また、あきれた夢だ」

「だが、『耳袋』は本当に広く、いろいろな話を渉猟していて、多彩である。あれを越えるのは容易ではない。偉大な壁だと言ってたぜ」

五郎蔵がそう言うと、

「ひいさま。戯作者になったほうがいいんじゃないですか」

と、力丸が照れている根岸をからかった。

「伝次郎はつねづね、この世とは別の世があちこちにあると言っている」

「あちこちに？」

根岸は首をかしげた。

「いや、あちこちというより、重なり合ってと言っていたかな」

「奇妙な論だの」

「それは極楽とか地獄のことかと訊くと、そうではないらしい。この世とは似て非なる世がいっぱいあるらしい」

「ふうむ。そういうのもあるかもしれぬな」

根岸がそう言うと、それまで黙って話を聞いていた栗田が、

「え、お奉行までも？」

と、意外そうな顔をした。

「わしは謎があれば謎を解き明かしたくなる性分だが、だからといって不思議なことがないと思っているわけではないぞ。人が見えているもの、わかっていることなど、ほんのわずかだ。別の世があっても、何の不思議があるものか」

あったとしても、人のほうにそれを感知できる力がなければ、実感することもできない。自分の目など五感で感じたものしか信じないという者がいるが、それは偏狭であろうと根岸は思っている。

だいいち、根岸が思うに、人の五感などそうすぐれたものではない。嗅覚や聴覚は犬のほうが明らかにすぐれているし、視覚では空の上から虫を狙って降りてくる鳥のほうが凄い。触覚は猫が敏感だし、味覚では意外に馬などが人間以上かもしれない。

それに、犬猫と始終いっしょにいる根岸は、彼らが何かの気配を感じたようにじっと宙を見つめるようすもしょっちゅう目にしてきた。

「はあ」

栗田はなんだか解せないような顔をしている。

「それで、五郎蔵。鬼火は釣れたのかい？」

「駄目だったそうだ」

「そりゃあ、残念だ。世の中には雷だって捕まえるやつがいるんだから、鬼火を釣っても不思議じゃないんだがな」

一昨年だったか、力丸と雪乃《ゆきの》がさらわれた事件のとき、凧を上げて雷をつかまえるという男がいた。アメリカではフランキリンという男が最初にそれをし、わが国では平賀源内なども試みたことがあったらしい。

「ただ、替わりにおかしなものが釣れたそうだ」

「なんだ？」

「言いたくないそうだ。大儲けにつながるかもしれないらしい。だが、根岸が頼めば教えてくれるぞ」

「おう。会ってみたいな」

「会えるよ。暇な男だ。築地に住んでいて、よく、海っぱたをうろうろしている」

「何をして飯を食っているのだ？　戯作か？　戯作などではなかなか食えないだろう？」

根岸は気になって訊いた。

「お祓《はら》いみたいなものらしい」

「神社か何かの？」

「いや、何もそういうところとは関係ないそうだ。お化けを見た人の相談に乗っているのだ。たいがいそれでお化けは見ないようになるらしい。うちの若い者をそいつの家にやって、会えるようにしておこう。根岸はいつがいいんだ?」

「今日でもかまわぬ。築地だったら船松町からもすぐだ。どうせ、晩飯は食うんだしな」

「わかった。用意しておこう。ところで、力丸姐《ねえ》さんは何となく元気がないな」

と、五郎蔵は言った。

「あ、わかってしまいました? 申し訳ありません。気がかりなことがあって」

力丸はそう言って、根岸をちらりと見た。

根岸は訳を知っている。このところ、なかなか会えないので、数通、書状のやりとりをしていた。

「む。かわいがっている猫が弱っていてな。なにか悪いものを食べたらしい」

と、根岸がかわりに言った。力丸は猫を三匹飼っている。そのうちの三毛猫が、急に元気がなくなったらしい。

「なるほど。力丸姐さんも根岸といっしょで生きものが好きだからな」

「でも、酒席で元気がないと気づかれるようじゃ、あたしもまだまですね」

と、力丸はうつむいた。

酒席に出て家に帰るとき、猫がもう死んでしまっているのではないかと思うと、恐くて戸を開けられなかったりするらしい。

「なあに、それが力丸姐さんのいいところかもしれねえ。猫に活きのいい魚でも差し入れようかい？」

「いえ。食べないと思いますので」

と、力丸は寂しそうに言った。


根岸が〈ちくりん〉から船松町の番屋にもどると——。

お船手組の向井《むかい》将監《しょうげん》が根岸を訪ねて来た。

「これは言いにくいのですが」

と、つらそうな顔になった。

「なんなりと」

根岸は先をうながした。

「渡し船転覆の件だが、これ以上、手前どもの組の人と船を動員するのはやめにしたいのですが」

「ほう」

意外な申し出だった。

「これ以上は協力できないと？」

「ええ。われらの見張り番所のすぐ前で起きたことゆえにいろいろ協力させてもらったが、もともと海防というわれら本来の仕事の範疇とは別のもの。ましてや殺しが関わってきているので、この件はわれわれが中途半端に動くよりは町奉行所にすべておまかせしたほうがよろしかろうと思いましてな」

と、向井将監は言った。

「では、ぶつかってきた船は結局、特定することもできぬままに？」

そのことはやはりお船手組を当てにした。五郎蔵も動いてくれてはいるが、直接、船を止めて尋問したりはできない。せいぜい盗み見するくらいである。

もっとも三日も経ったいまでは、船は修理されてしまい、これから見つけるのは難しいだろうと、五郎蔵もそう言っていた。

「申し訳ござらぬ。なにせ、近々、上さまの江戸湾内巡航が企画されるかもしれないというお話があって、そちらの準備等もありましてな」

「そうですか。それは残念ですな」

根岸は皮肉な笑みを浮かべた。

向井将監を見送ってから、

「冷たいですね、お船手組は」

と、坂巻《さかまき》とともに出かけようとしていた栗田が言った。

「うむ……」

 向井将監の人柄自体は悪いやつではない、と根岸は思っている。優柔不断なところはあるが、いざ、ことが起きれば毅然と対処するのではないか。

「なにか内部の反対でもあったのかもしれぬな」

と、根岸は言った。


坂巻弥三郎《やさぶろう》は、昨日につづき、深川の女が舟を降りたというところまでやって来た。

「渡し船に乗らなかった女は、単なる仙太の知り合いだったのか。それとも、あの事件の重要なカギを握っているのではないか……」

と、根岸からも言われた。何としても捜し出すつもりである。

ただ、今日は栗田もいっしょだった。

「たしかに、周りは町人地だな」

と、橋の上に立って栗田は言った。

「浪人者の娘ではなさそうだったと茶店の女将も、舟に乗せた漁師も言っていた」

「まずは歩いてみよう」

二人は堀沿いに行ったり来たりした。

ここらは深川情緒などとはあまり縁のない、貧しい町並みである。夜になると闇に溶けてしまって目立たなくなるが、むしろこれが深川の素顔なのだ。

北のほうにしばらく来たとき、

「ん？」

二人は足を止めた。

町人地の中にどこかの組屋敷らしい一画が現われた。

「ここは？」

と、栗田が近所の者に訊いた。

「お船手組の組屋敷ですよ」

「ここもそうなのか」

お船手組は霊岸島《れいがんじま》の南端に組屋敷を持っていて、これは川を挟んだ鉄砲洲側からもよく見えている。だが、深川の組屋敷は、町人地に囲まれるようにあって、通りからはわかりにくかった。

「ということは、お船手組の妻女か」

「いや。鉄漿はしてなかったそうだ。娘だな」

「あそこで降りたということは、ほぼ間違いないだろうな」

栗田はうなずいた。

歩いてもそう距離はない。組屋敷の真ん前で降りるのは遠慮があったのかもしれない。八丁堀でもそうだが、組屋敷の女たちはそういう気づかいをする。

「そういえば、水を恐がってなかったと言っていたな。お船手組の娘なら、それも不思議はない」

と、栗田は言った。

「泳げない見習いもいるのにか？」

「逆に女が泳げるようになったりするのさ」

「どうする？」

と、坂巻が訊いた。

町人の家ならシラミつぶしに当たる。だが、武家の家ではそうはいかない。

「お船手組の向井将監に訊いてもらうか。だが、お船手組は手を引きたいと言ってきたからな」

「まさか、そういうこともからんでか？」

「そうかもしれねえな」

栗田は組屋敷のほうをじっと見つめた。

二

暗くなりかけたころ――。

根岸は、五郎蔵とともに変わった男こと伝次郎と会った。海っぱたのそば屋の二階に入った。調べからもどって来た栗田と坂巻もいっしょである。

伝次郎は、見かけなどはまったく変人らしくない。こざっぱりした若者である。大店の次男坊で、「兄貴がしっかりしているので、好き勝手やらせてもらっている」のだそうだ。

その伝次郎は、

「耳袋のお奉行さまが飯をごちそうしてくださるなんて、二十二年生きてきて、最高に幸せなことです」

と、すっかり感激している。

「なんでも、別の世の中があるんだってな？」

根岸はさっそく訊いた。

「あたしも確かめることはできないので、絶対あるかと言われると困るのですが、でも、あたしは確信しています」

と、伝次郎は言った。

けっして妄信しているふうではない。なにか、実感するようなことがあったのだろう。

「お化けを見た者の相談に乗ってるんだって？」

「はい。恐がらなくてもいいんだって言ってあげてます」

「なんで恐がらなくていいんだ？」

根岸には、じつは気がかりがある。ときおり訪ねて来るおたかも、いわゆる幽霊とは違うような気もしている。もっとも、根岸はやって来るおたかを恐いと思ったことなど一度もない。

「お化けを見ていると思ってますが、あれはお化けじゃないんですよ」

「何なのだ？」

「あたしらの隣にある世の中のあたしたちですよ」

「そんなものがあるのか？」

「あるんだと思います。この世で死んでしまっても、隣の世の中ではまだ生きていたりすると、幽霊のように感じてしまうのではないでしょうか。ただ、こういうことをあんまり言い張ると、頭のおかしいやつと思われるだけなので、幽霊を見たという人だけに話すのですが」

「あんたも見たのかい？」

「もちろん見ます。あたしは死んだ妹を見ます。ただ、あたしと会うと、向こうは不思議そうな顔をします」

「ほう」

根岸は伝次郎に顔を近づけ、小さな声で訊いた。幸い、五郎蔵と栗田、坂巻は違う話題で楽しげに話している。

「じつは、わしが会う幽霊はまるで不思議そうにはしないんだがね？」

「ああ。そういう人もいますよ」

「何なんだろう？」

伝次郎はちょっと考えて、

「わからないんですよ。正直、わからないことが多いんです」

と、真面目な顔で言った。それらしい解釈をしないところがむしろ根岸は信憑性を感じる。

「だろうな。この世のことではないんだからな」

「あの世もいろいろなんですよ、きっと」

と、伝次郎は愉快そうに言った。

「その話もゆっくり聞きたいが、今日はこのあいだ出たという鬼火のことを知りたくてな」

根岸はひそひそ話をやめ、元の声にもどして言った。

「ああ、はい。あたしも鬼火を見てみたくて行ったんです。遠くからは見ていたので」

「そうだったのか」

「ええ。遠くから見た限りでは、小さな火を持った数人が、水面の何かを捜しているようでした」

「なるほど」

「あの世のものではないなと思いました。たぶん、この世のものだなと。もしかしたら宝探しみたいなものかと思いました」

「面白いのう」

「でも、しっかり確かめたわけじゃありません。とにかくこの目で確かめられるなら、なんでも確かめたいもんで。それで次の日に、日が暮れてから、小舟を出して、二刻くらいあのあたりでじいっとしてました。でも、鬼火は出なかったです」

「それは残念だったな」

「そのかわり、別のものを見つけたのです」

「何だ？」

「光る何かが引っ掛からないかと釣り糸を垂らしたのですが、浮きだけでしたよ、引っかかったのは」

「浮き？」

「ええ。これです」

と、見せてくれた。

よく見る丸っぽい、ふつうの浮きである。それに、小さな字が刻んである。

「千」

と、読める。

「もしかしたら、これを捜していたのでしょうか？」

と、伝次郎は言った。

根岸との話が一段落したときを狙って、栗田次郎左衛門《じろうざえもん》は伝次郎にそっと話しかけた。

「じつはおいらも一つ、あんたに訊きたいことがあるんだけどな」

「なんでしょう？」

伝次郎は根岸と話すときとはうって変わって、怯えたような顔をした。

「たとえば、女の腹の中が、別の世の中とつながっているなんてことはないよな」

「腹の中が？」

「そう。たとえば、腹の中が仙界とつながっていて、仙人の子どもが生まれてきたりする」

「そういうのは聞いたことがありませんね」

伝次郎はうさん臭いものを見るように栗田を見た。

「おいらだってねえよ、そんなものは」

「ただ、わたしがあるような気がする別の世は、仙人などはいませんね。わたしたちと同じような人がいるだけです」

「ふうむ」

「そんなことを言う人がいるんですか？」

「いや、まあ」

誰が言ったわけではない。言い出しっぺは自分である。

「その人、頭がおかしくはないですよね」

「うむ。しごくまともな男だよ」

「気をつけたほうがいいですよ。怪しげな話を持ち出す人のほとんどは、それで金をもらおうという商売に結びつきますから」

「そんな気はこれっぱかりもねえよ」

と、栗田は怒ったように言った。

伝次郎とはまた会おうということで別れると、根岸はそば屋の前で立ち止まり、

「なあ、栗田。北町のほうが担当した事件だったが、ちょっと前に〈早船権蔵一味〉を追いかけた騒ぎがあったな？」

「あっ。ありました」

栗田も急遽、駆り出されて、尾張町界隈を歩いた。人手を要する緊急のときは、北も南もなく動員されるのだ。

早船権蔵というのは、ずいぶん昔からいる盗賊で、船で来て、船で去って行くためにその綽名で呼ばれるようになったという。「権蔵」という名も本当の名かどうかはわからない。ただ、うっかり子分がそう呼んだという目撃者の証言から、その名前になっているに過ぎない。

この十年ほどはおとなしくしていたのだが、数カ月前にひさしぶりに姿を現したと思ったら、つづけざまに四つ五つの店が襲われた。人は殺さず、内部の者が手引きをしたり、船を使ったりと、まさに早船権蔵の手口だった。

「たしか、日本橋からここらを通って羽田の沖のほうに逃げたが、急に速度が速くなって追いつけなかったらしい」

「急に速くなった？」

「もしかしたら、積んでいた千両箱を放ったのかもしれぬ」

「あのあたりにですか？」

「そうさ」

「千は千両箱という意味ですか？」

と、坂巻が訊いた。

「目印がないとわからなくなるからな」

「あの下に千両箱がいくつかあって、夜中にそっとあのあたりを探していたのですね」

「うむ。逃亡のときのことを北に詳しく訊いてみよう」

「言いたがらないのでは？」

と、栗田は心配した。根岸ばかりが町人に人気があるので、北町奉行の小田切土《お だ ぎりと》佐守《さのかみ》は内心、穏やかではないと聞いている。

「そんなことあるものか」

根岸はだいたいが北も南もない。

三

根岸はその足で、栗田、坂巻とともに北町奉行所を訪ねた。

根岸はまるで屈託なく、門をくぐった。奉行同士というのはのべつ会って打ち合わせをしているらしい。だから、巷で言われるほどには、奉行同士の確執などはないのかもしれない――と、いっしょに来た栗田は思い直した。

北町奉行所も南と同じく奉行の私邸の一部に奉行所がつくられている。根岸たち三人も、奉行所のほうの客間に通された。

栗田はそう何度も北町奉行所に来たわけではないが、来るたびにずいぶん南とは雰囲気が違うものだと思う。

同心部屋がちらりと見えたが、じつにきれいなものだった。

そういえば、北の同心から聞いたことがある。なんでも北のお奉行は、「机の上が汚いのは、仕事ができない証拠だ」というのが口癖だった。そのため、いまは誰も机の上にものを置かなくなっているらしい。

南などはまったく正反対である。栗田の机などはその最たるもので散らかり放題。書類や自分の書きつけなどが山のように積み上げられている。

だいたい、根岸という人は、部下の仕事のやり方を統一させようなどとは、おそらく思ったことがないのではないか。仕事のやり方は人それぞれ。自分にいちばん合ったやり方が、仕事もはかどる。片づけたほうがやりやすい者は片づけるし、ごちゃごちゃしていてもかまわなければ、それでいい――そんなふうに思っている気がする。

同心部屋はものが少なかったが、ほかのところはけっこう飾られている。廊下のところどころや客間には生け花が置かれ、壁には掛け軸がかかっている。そこらはむしろ、南のほうが殺風景である。

「遅いな」

と、根岸は言った。

客間に入ってすぐである。

根岸は人を待たせない。客といえばすぐに出てくる。そのかわり用件もすぐに終わる。季節の挨拶などは言わないし、お茶を飲み終える前に話が終わるのもしばしばだった。

「ちと、呼んで来よう」

と立ち上がり、裏の私邸のほうに行こうとした。

「根岸さま。それはちと」

北の同心があわてて止めた。

「なんだ？」

「いや、困ります。ちょっと見てまいりますから」

同心が私邸に行くと、今度はすぐに出てきた。

小田切土佐守直年《なおとし》。根岸よりはいくつか若いが、老けて見えるのは白髪のせいか。この一年でめっきり白髪が増えている。

もともと切れ者で鳴らした人であるが、根岸が遅れて南町奉行に就任してからというもの、ずいぶん影が薄くなった。

「何かな、根岸どの？」

小田切は少し不機嫌そうに訊いた。

「早船権蔵の件でな」

「早船権蔵？　このあいだの？」

「さよう」

「あれは当方が担当している。根岸どのはお任せくだされればよい」

「それがそうもいかなくなってきた」

「なんと」

「じつは、渡し船の殺しと関わっているやもしれぬ」

と、根岸は言った。

これには後ろにいた栗田と坂巻も思わず目を合わせた。

「それは……」

小田切も唖然としている。

「そんなに驚きましたか？」

「それはありえないでしょう？」

「なぜ？」

「早船権蔵は殺しはしておりませぬぞ」

「いままではそうだったかもしれぬが、人はいいほうにも悪いほうにも変わるのでな」

「ううむ」

「とりあえず、追いかけたときの状況を」

と、根岸は迫った。

「あのときは、途中からお船手組に追うのを手伝ってもらった」

「お船手組に」

「なにせ、われらは船の追跡になど馴れておらぬ。それで、近くにいたお船手組の船に頼んだ。その者は、お浜御殿のあたりでもうすこしで追いつきそうになったが、急に速くなったらしい」

「急に速く……」

「それで逃げられた」

「なるほど、やはりそうか」

「やはりというと？」

「そのとき、盗んだ千両箱をいくつか捨てたということはないのかな」

根岸がそう言うと、小田切はしばらく考えて、

「なるほど。それはあるかもしれぬ」

と、うなずいた。頑迷な人ではないのだ。

「そうか、お船手組がな」

「根岸どの。まさか、早船権蔵の正体に迫ったなどと？」

小田切土佐守は引きつったような顔をした。

——やっぱり内心、穏やかではないのだ。

と、栗田は思った。

北町奉行所を出たとき、

「あ」

と、根岸は言った。

「御前、どうかなさいましたか？」

坂巻が訊いた。

「渡し船で死んだ武士だ。釣り道具屋などで釣り好きの武士の人相を当たらせているが、どうもしっくり来なかった。釣り舟であんなに筋肉は発達しねえもの。すっかり忘れていた。わしも佐渡奉行をやっておきながら、このざまだ」

根岸はひどく悔しそうである。

「御前、いったい何が？」

「坂巻、浦賀奉行の筋を確かめてくれ」

「浦賀奉行！」

「いまは、誰であったか。そこの評定所でわしの名を申して訊ねよ。その屋敷に、江戸役所がつくられ、武士が何人か詰めているはずだ。そうよ。浦賀奉行の配下であれば、あんなふうに真っ黒に日焼けしていても当たり前だ」

「わかりました」

と、坂巻は評定所のほうに走った。

根岸は北町奉行所を出ると江戸橋近くの木更津《きさらづ》河岸で舟をつかまえた。

「お奉行、どこへ？」

と、栗田が訊いた。

「うむ。五郎蔵のところに行く。あやつに相談したいことがある」

今日の根岸は朝から動き回っている。

ふだんは評定所の会議や、奉行所で膨大な書類を見るのに忙殺され、これほど外を動き回るのはめずらしい。

だが、ほとんど疲れた表情を見せていない。

鉄砲洲本湊町にある五郎蔵の仕事場にやって来た。

五郎蔵もまだ働いている。もどって来た人足たちに、翌日の仕事を振り分けているところだった。

根岸といい、五郎蔵といい、ふつうなら隠居家のこたつに丸まっていておかしくない歳だろう。よく働くものだと、栗田は感心を通り越して、呆れてしまう。

「ちと、あんたに助けてもらいたい」

と、根岸が声をかけた。

「おう、お安い御用だ」

根岸の仕事を手伝うのが嬉しそうである。

「いろいろ気になることが出てきた。海の底まで知り尽くしたあんたもいっしょに来てもらいたい。まずは、舟を一艘」

「猪牙で足りるか？　二丁櫓を用意しようか？」

「三人で行くのだ。猪牙でいい。なんなら、わしが漕ごうか」

と、根岸は言った。

四

根岸は本当に自分で漕ぐと言ったが、五郎蔵は笑いながら、

「おい。栗田さんがもうじき生まれる赤ん坊の顔を見られなかったら、ご新造がかわいそうだぜ」

と、すばやく櫓を取った。

「そうか。雪乃のことを持ち出されたらしょうがないな」

と、根岸も笑った。

「五郎蔵。早船権蔵を知ってるか？」

「そりゃあ懐かしい名前だ。知らないわけがない。おれは、昔、早船権蔵じゃないかと疑われたことがあるんだ」

「え、本当に？」

栗田が驚いて声を上げた。

「もちろん、根岸が町方に来るずっと前だぜ。あんたが佐渡だかに行ってたときかな」

「それは知らなかったな」

根岸は面白そうな顔をした。

「奉行所が皆でおれを疑ったとかいうわけじゃねえんだろうな。ただ、宮島《みやじま》とかいう同心と、京橋の近くにいた三五郎《さんごろう》という岡っ引きがいっしょになって、おれに目

をつけたのさ」

「宮島！　あ、いまお白洲同心に出ている宮島庄蔵《しょうぞう》のおやじですよ」

「ああ、あいつの」

「頑固な人です。おいらも見習いのときにはずいぶんいびられたものです。五年ほど前に隠居しましたが、まだ元気ですよ。今度、挨拶させましょうか」

「あっはっは。おれはかまわねえよ」

「京橋の三五郎というのはたぶん病で死んだはずです。鼻の頭が刀で切り取られていた男でしょう？」

「そうそう。その二人がしつこくてな。なんでも、目撃したやつにおれをそっと見せたらしいんだが、よく似てると言ったそうなんだ。それで、船の扱いがうまくて、なんでも命令を聞く子分たちがいて、大店に押し入るような度胸があって、盗んだかもしれねえような大金を持っていてと、全部、あてはまるとそう言いやがった」

「ほんとだ。わしも町方にいたら、あんたを疑ったかもしれないな」

　と、根岸が言った。

「ひと月、ふた月くれえはおれの周りをうろうろしてたぜ。だが、あるときからふいっと来なくなった。あれは何だったのかね？」

「あ、それはわかります。たしか、そのころ、早船権蔵は左利きだという証言が出たんですよ。それで、目星をつけていた数人の疑いが消えてしまったという話は聞いたことがあります」

と、栗田が言った。

「なるほど。そういうことだったかい。それで権蔵はまだ、悪さをしてるのか？」

「このあいだ、ひさしぶりにいくつかつづけて動いたらしい。十年ぶりだ」

「へえ。早船権蔵がな」

船でやって来て、船で去る。

盗みの数は多くない。数年に一度、大店を狙った。それも新興の大店で、死人はもちろん、怪我人なども出さなかった。

子分も多くない。いや、子分というより二人の相棒らしき者と三人で動くと言われていた。

「歳はおれたちより上なんだろう？」

と、五郎蔵が訊いた。

「ああ。六十五から七十くらいと言われている」

「ほんとに早船権蔵なのかね？」

五郎蔵は疑っているらしい。

「何か変か？」

と、根岸が訊いた。

「つづけて動いたってあたりがね」

「たしかにな」

「盗人だが、あいつの仕事ぶりってのは、なんとなく嫌らしくねえ感じがしたものだぜ。なんせ、おれが疑われたくらいだからな」

と、五郎蔵は冗談めかして言った。

「そういうやつもいるんだよ。泥棒もふつうのやつといっしょで、上品なのから下品な者までいろいろなのさ」

「だが年末につづけざまってところが、なんだかみっちくねえか」

「なるほど」

根岸が栗田の顔を見てうなずいた。五郎蔵が言うのはもっともだと思ったのだろう。

舟はお浜御殿の近くまで来た。

すると、火で白魚を寄せ集めて網ですくっていた漁師が、

「こっちへ来るな。邪魔だ。馬鹿野郎」

と、怒鳴った。

「南町奉行所だ」

栗田が言った。

「そいつは失礼いたしました」

漁師は頭を下げた。

「あれだから佃島の漁師は態度がでかいと言われるんでしょうね」

栗田がそう言うと、

「栗田。あれは佃島の漁師ではないぞ」

根岸はそう言った。

「え？　白魚漁をしてましたよ」

「だから、佃島の漁師ではないのさ」

「どういうことなんです？」

と、栗田は五郎蔵の顔を見た。

「栗田さん。違うんだよ。佃島の漁師はここらで白魚漁をやってはいけねえのさ」

五郎蔵も笑って言った。

「そうか。町方同心の栗田も誤解しているのだから、江戸の町人たちが誤解しているのも無理はないな」

「え？」

栗田がきょとんとした顔になって、

「佃島の漁師たちは、将軍家に白魚を献上するからこそ、あの島で漁をする許しを得ているのだと聞いていました」

と、言った。

「だから、それは嘘の話が行き渡ってしまったのさ。大川で白魚漁をしているのは、白魚河岸のところにいる白魚役と呼ばれる漁師たちで、将軍家に献上しているのもあの者たちだ。将軍家だけでなく、御三家や町奉行所にも届けてくるのだがな」

「それは知らなかったなあ」

栗田がこぶしで自分の頭を叩いて、

「では、佃島の漁師たちは白魚を獲っていないのですか？」

と、さらに訊いた。

「獲ってはいるが、それは大川なら千住から上のほうと、大川の外の海のほう。あとは江戸川や荒川の河口でやっている。この白魚も御菜献上として届けてくるから、ややこしいのだがな。だから、ふだん佃島の漁師たちが獲っているのは、ほかの江戸前の魚なのさ」

根岸が答えた。

「それで、佃島の漁師たちは、周囲の漁師から嫌われるほど威張っているのですか？」

「おかしな話だろう？」

「どういうことなのでしょう？」

「わしもわからぬ。おかしな話なのさ」

と、根岸は苦笑した。

これには五郎蔵も不思議そうな顔をしていた。

五

お浜御殿の明かりが遠くに見えている。

今宵は何か宴のようなものが催されているのか、一画に皓々と明かりが点されている。

「ここらなんだ、千両箱を捨てたかもしれないのは」

と、根岸が五郎蔵に言った。

「ここなのか？」

五郎蔵は意外な顔をした。

「捨てるかな」

と、根岸は言った。

「千両箱をな」

五郎蔵もうなずいて、何度も周囲を見回した。

「根岸。やっぱり変だな」

と、五郎蔵は言った。

「そうか？」

「ここらは江戸湾にはめずらしく入り組んだ岩場になっているんだ。だから、こんなところに千両箱を放り込んだら、岩場の隙間に入り込んだりして、取れなくなる恐れがある」

「ほう」

「だから、船に縁があって江戸湾を知っている男なら、こんなところには絶対に千両箱を放ったりはしねえ」

「ということは、あんたが疑ったように、早船権蔵ではないかもしれないな」

「だろう？」

「だが、まだすっきりしないな」

根岸は船縁《ふなべり》に肘をつき、額に手を当てて考えはじめた。

五郎蔵はそこからはあんたにまかせたというように、のん気な顔で夜空を眺めている。

栗田だけが、まだ飲み込めていないらしく、不安げに根岸をちらちら見ている。

やがて、根岸は二人を見て、

「これしかないか？」

と、言った。

「おう、聞かせてくれ」

五郎蔵が催促した。

「探しているふりをしたんだろうな」

「どういうことだ？」

「その逃げた船に乗っていたのは仲間の片割れでな。逃げるために、千両箱を投げ入れたことにして、それは猫ババした。だが、もう一方の目をごまかすためには、放ったふりをしなければならない。かくして、夜中にそこらに出て、探すふりをする。ひいては怪しい光をちらちらさせ、探すふりもした」

「ふうむ」

「もう一方は、消えた千両箱より、捕まるほうが心配になってきた。もう、いいからやめろ、となる。かくして、片割れはまんまとその金を猫ババした」

「早船権蔵じゃないのか？」

「違う。おそらく、以前の仲間だ」

「ほう」

「そいつらは権蔵と違って船にも海にも詳しくはない。だから、できあがった筋書きだ」

と、根岸は言った。

「ああ、なるほど」

栗田はぱんと手を叩いた。

「これで鬼火の件は落着かな」

根岸はこの推論に自信があるらしい。

「いや、待てよ。その筋書きだと解せないところもあるぜ」

と、五郎蔵は言った。

「ああ、お船手組だろ」

「盗人ごときに振り回されるわけだ。そこまで落ちたかね。向井将監の配下は」

五郎蔵が不思議そうな顔をすると、

「いやあ、あの連中はかなりたるんでいますからね」

と、栗田がせせら笑うように言った。

五郎蔵の仕事場から船松町の番屋はすぐである。一度、寄ってみると、坂巻弥三郎がすでにもどっていた。

「御前」

坂巻は嬉しそうに立ち上がった。

「どうした」

「遺体の身元がわかりました」

「わかったか」

やっと、三人目の身元がわかった。これで探索はかなり進んでくれるはずである。

「ご推察どおり。浦賀奉行水野忠良《みずのただかた》さまの小日向荒木坂《こひなたあらきざか》にある江戸役所に出ていた男です。佐久間周吾《さくましゅうご》といって、与力の役にあったそうです。いま、持ち物の確認に来てもらっていますが、顔の特徴や背丈などから間違いないと思います」

「ふうむ」

与力とは言っても町奉行所の与力ほど力はないだろう。

「だが、浦賀奉行の江戸役所詰めの男が、なぜ佃島に来ていた？」

「役所としては関わりたくなさそうでした。あの江戸役所は、幕府との連絡役のようなところで、佃島とは何の関わりもないと」

「役所としてはな」

「はい。ただし、佐久間の部下が一人、古い知り合いの揉めごとを仲裁する羽目になったと話したのを聞いています」

「なるほど。水の上で生きてきた連中だ。どこかでつながりはあったのだろうな。さて、だいぶ謎も煮詰まってきたようじゃな」

「そうでしょうか」

「そなたたちが突き止めたお船手組の組屋敷の女のこともあるし、贋の若右衛門も捜しあてなければならぬ。鮫二にしても、本当に抜け参りに行ったかどうか疑わしい。これは、いくら人手があっても足りぬな」

と、根岸は腕を組んだ。

第四章　食べ過ぎた男

一

　お英《えい》は足を速めた。つけられている。ちらりと後ろを見た。あの身体つきは、やはり古川克蔵《ふるかわかつぞう》に違いない。

　弟の死以来、何かよくわからないことが起きている。

　このあいだ、お英が乗ろうとして結局乗らなかった渡し船が転覆して、四人が亡くなった。そして、その亡くなった一人に、仙太《せんた》がいたらしかった。

　しかも、あの船には、お船手組の御座船同心である古川克蔵が乗っていた。

　古川は死んでおらず、何ごともなかったように勤めをつづけている。その無表情なようすは、渡し船にいたのは見間違いだったのかと疑りたくなるほどだった。

　しかも、昨晩はその古川克蔵に婚姻を迫られた。

　古川は三十半ばである。たしか嫁もいたはずである。そのことを訊くと、「だらしのない女だったので、里に帰したのだ」と、しれっとした顔で言った。

「じつは、お父上が亡くなる前、わしと約束していたのだ。お英はそなたにもらってもらうとな」

「そんなこと……」

一言も聞いていない。

むろん、断わった。あんな気味の悪い男のところになど、絶対に嫁ぎたくはなかった。だが、古川は、断わらないほうがいい、と言った。ひどく含みのある言い方だった。

お英は急いでお船手組の組屋敷を出る準備を始めた。

とりあえず、今晩は本郷にいる遠い親戚のところに泊めてもらうつもりだった。

まさか、こんな夜まで見張られているとは思わなかった。

――殺されるのではないか。

よく訳もわからずそう思った。

さらに足を速めた。だが、すぐに後悔した。道を間違えていた。この道はずっと大名屋敷の塀がつづくのだ。人通りなどは皆無だった。かなり向こうに辻番の明かりが見えている。なんとかあそこまで辿り着きたかったが、足がもつれ出してきた。

――兼一郎《けんいちろう》、助けて。

心の中で弟の名を呼んだ。弟がひどく頼りなかったことさえ忘れていた。

そのとき、古川が追ってくるほうから新しい足音がしてきた。それは凄い速さでお英のほうに迫って来た。

古川の仲間なのか。

恐くて振り向くことさえしたくない。

お英はもう叫びたかった。いや、それよりも泣きたかった。

新しい足音は古川のわきを抜け、お英に追いついて来た。

若い男だった。若い男はお英の前に回り込み、

「恐がらないで。町方の者です。あなたを助けます」

と、早口でそう言った。やさしげな声だった。

「これを、持って」

若い男はお英に自分が持っていた提灯を手渡した。

それから、後ろから来る古川克蔵を迎え撃つように立って、

「この人はわたしの知り合いだが、何か御用かな？」

と、言った。

「何？　知り合いだと？」

古川は、怒りを含んだ声で言った。

「そう。だから、お帰りになるといい」

「ふざけているのか」

お英は恐くなって目を閉じた。手で目をふさぎたかったが、両手に提灯を持っていた。

古川は提灯をわきに投げ、刀に手をかけた。

刀同士がぶつかり合う音が何度かした。二人が激しく動いているのは、足音や息づかいでもわかった。

「父上、母上、兼一郎……どうぞ、助けてください」

繰り返し祈るしかなかった。

やがて、古川の声がした。

「くそっ。お英。おかしな男に頼るな。わしは、そなたの父上や弟の兼一郎の仲間だぞ」

お英はそっと目を開けた。だが、何も答えなかった。古川が弟の仲間だとは到底思えなかった。

古川は刀を鞘にしまい、足早に霊岸島のほうへ駆けて行った。

若い男も刀を鞘におさめ、お英の手から提灯を一つ取ってからこう言った。

「よかった。じつは、昨日からあなたのことを監視させてもらっていた」

根岸《ねぎし》は夕飯をすませ、届いていた力丸《りきまる》の手紙を読んだ。心配していたことが起きていた。

——どうしよう?

と、思った。たかだか猫のことである。だが、猫のことは力丸にとっては、相当に大事なのである。

——いまから行ってあげようか。

迷っているとき、

「根岸。助けてくれ」

と、松平定信《まつだいらさだのぶ》がやって来た。

「どうしたのですか?」

「人殺しの下手人にされそうだ」

冗談を言っているのではなさそうである。

「くわしくお聞かせください」

「馬鹿みたいに食うやつがいて、そいつが死んだ。わしが下手人ではないかと疑われている」

これだけで何か言えというような顔をしている。

「もう少し順を追って詳しくお話しいただきませんと」

「順を追うと、そなたとした小食はいいという話からすることになる」

「ああ、あれですか」

長生きのひけつはやはり小食だという。

このときよりもう少しあとだが、根岸は『耳袋』に、「長寿は飽きるほど食わないこと」と題して、こんな記事を書いている。


わたしは七十に近くなり、近ごろでは三度の食事もほどを過ごさず、足りないくらいに食べているが、そのほうが身体の調子もいい。同じ歳の仲間に訊くと、皆、賛成し、

「食事はたとえ若いときでも、やたらと腹いっぱい食べるのは戒めたほうがよい」

といったところで意見が一致した。

それについてだが、御鷹匠頭《おたかじょうがしら》の戸田《とだ》五助《ごすけ》という者がこんなことを語っていた。

「あらゆる種類の鳥を調理したことがありますが、どの鳥も餌袋はいっぱいになっていました。ただし、鶴だけに限れば、餌袋はせいぜい六、七分目くらいしか入っておらず、満腹になった鶴は見たことがありません。

鶴というのは、ことわざに『鶴は千年、亀は万年』と言われるくらい、長生きす

ることで知られています。それほど長命を保てるというのも、食が細いというのと関係しているのでしょう。やはり、過食は厭うべきだと思われます」

この戸田五助の話をして、

「まったくその通り」

と、うなずき合ったのだった。

松平定信もこの意見には大いに賛同していた。倹約好きと小食とは、相通じるところもあるので、定信が好みそうな話だろうとは、根岸も思っていた。じっさい、定信は小食も実行していた。

だが、定信の知人に、逆に食うのが元気のもとだと思い込んでいる男がいた。やはり松平姓で、功山《こうざん》と号する隠居した大名だった。定信はこの男とは会いたくないが、方々の席でよく会うのだという。

「そういうやつっているだろう。嫌いなのに、なぜかしょっちゅう会ってしまうやつが」

と、定信は顔をしかめて言った。

「います。もしかしたら、御前はほんとはその男のことが好きで、会いたかったりするのではないですか？」

「根岸。そなた、嫌なことを言うな」

「いや、冗談です」

ほんとうは冗談ではない。そういう隠れた気持ちというのがあるのではないかと思うときがある。

だが、いまそれを言い出すと、話が余計なほうにずれてしまう。

「こいつは身体に悪いものならともかく、いいものは食えば食うほど丈夫で元気になると言い張る。いままでも何度となく口論のようなことになった。それで、昨夜もこいつと宴席でいっしょになってしまった」

「そのときも口論を？」

「いや、昨夜は口論はなかった」

その宴会で、松平功山は飲み過ぎたうえに、隣の人のお膳のものまで食ってしまった。

すると、血を吐いて、死んでしまったのだという。

「亡くなったのですか」

「急にな」

「そうでしたか」

何となく話はわかってきた。

「それで、さきほどわしが通夜に顔を出したら、毒が仕掛けられていたのではないかという話が出ていた」

「はい」

「松平功山の隣の席がわしだった」

つまり、功山は定信のお膳のものを食べている途中で、血を吐いて亡くなった。

「なるほど」

と、根岸は言った。

「その亡くなったお人は、人に恨まれるようなことが？」

「好かれはしなかったと思う。頑固だし、わしにも屁理屈を吹っかけてくるようなやつだったから、鬱陶しいと思っている者もいただろう。ただ、石高も少ないし、発言力もない。あれを重要な人物と思う者はおそらく一人もいなかっただろう。つまり、本気で相手をしなければ、わざわざ疑われる危険を冒してまで殺そうなどという者はいないと思う」

「ほう。ですが、御前、隣の御前に疑いをかけることができれば、本当の下手人は疑いを回避して、目的を達したことになります」

「たしかに」

「しかも、じっさい毒が入っていたら、御前が狙われていて、それを松平功山どのが食べてくれたおかげで難を逃れたことになりますな」

「なんと」

「あるいは、わたしがいちばん考えられるのは、松平功山どのを殺すのが目的ではなく、御前に疑いをかけさせるのが目的だったということ」

「それは?」

「むしろ、御前を直接、毒殺するより、はるかに溜飲を下げることができます。御前は疑われ、地位を脅かされ、苦しむのをわきで眺められるのですから」

「ううむ」

定信も敵が多いという自覚はある。じっさい根岸が見ているところで、刺客に襲われたこともある。

だが、あらためて言われると、いい気持ちはしないのだろう。顔をしかめて唸った。

「しかし、ほんとに毒だったのですか? 御前も少しは手をつけられたのでしょう?」

「何品かは食べた」

「具合は?」

「なんともなかったな。だが、わしが食べているときには毒はなく、わしが席を移し始めてから、わしの席に誰か座って、さりげなく毒を入れたのかもしれぬ」

「なるほど」

根岸はうなずき、少しのあいだ考えた。

「毒で死んだとは限りませんね。じっさい、肺病や肝ノ臓の病で血を吐いて死ぬ者は少なくないではありませんか」

「ところがな、松平功山は死ぬまぎわに、倹約も度が過ぎると、そうつぶやいたのじゃ。介抱していた向こう隣の席の男が聞いた」

「倹約も度が過ぎると……」

それはまさに、定信への当てこすりではないか。

「いかにも憶測を招くような状況さ」

定信はふて腐れたような口調で言った。

「ううむ。窮地ですな」

「ああ。葬儀の席ではどれほどの噂になっているか、想像するとうんざりだ。根岸、なんとかしてくれ」

定信は根岸を睨みつけるようにして言った。

二

坂巻《さかまき》はまず、お英を明るい町並みのところまで連れて来て、おしるこ屋に入らせた。若い娘はこういうところがいちばん落ちつくのではないかと思ったのである。

それから、丁寧な口調で、

「わたしは南町奉行根岸《ねぎし》肥前守の家来で、坂巻弥三郎《やさぶろう》と申します」

と、名乗った。

「宮原《みやはら》英といいます」

「はい。いま、渡し船の事件について調べているのですが、あなたは船が出る直前になって、乗るのを取りやめましたね？」

「ええ」

「それで、あなたは別の舟で深川に渡り、あの組屋敷の近くで舟を降りました」

「そうです」

「わたしは今朝、そのときの船頭を連れて来て、物陰から組屋敷の井戸を見張らせました。あなたは今朝、井戸端で洗濯をなさいました」

「ああ、はい」

「それでわたしは顔を覚えさせてもらいました」

「そうでしたか」

と、お英は恥かしそうに微笑んだ。

「ところが、すぐにあなたの家を見張っているような別の男に気がつきました。さっきの男です。その気配に、何か危険な目に合わなければいいがと思いました。それで、夜になってまた、あの組屋敷に来てみました。ちょうどあなたが出かけ、さらにそのあとを、さっきの男が追いかけるところでした。あとは、さっきのできごとになるのはおわかりですね」

「はい。危ういところでした。ありがとうございました」

お英はゆっくり頭を下げた。

「さあ、おしるこを食べながら話してください」

と、坂巻は自分も口をつけながら、

「なぜ、渡し船に乗らなかったのですか？」

と、訊いた。

「それは、仙太さんが乗らないほうがいいと」

「つまり、仙太はあの船で何か起きると思っていたんですね」

「だと、思います」

「そもそも、あなたはなぜ、仙太と知り合いに？」

「それは、亡くなった弟と関わりが」

「最近ですか？」

「ええ。どうやら、大川に飛び込んで自害したようなのです。それを見つけて、うちに報せてくれたのが仙太さんでした」

「仙太はなぜ、弟さんの顔をご存じだったのです？」

「はい。それは……」

と、仙太から聞いたという話を語った。

ふた月ほど前のことである。
十七、八の気合の入らない若者三人が、お船手組の船の縁に座って、つまらなさそうにしていた。見るからに冴えない若者たちである。
しかも、なにかのはずみで一人が船から落ちた。泳げないらしく、ただあっぷあっぷしているだけ。

「宮原、早く助けて」

溺れていた男が叫んだ。

だが、もう二人も、泳ぎが苦手らしい。

「宮原、頼む」

頼まれて、一人が飛び込んだが、しがみつかれてうまく泳げない。

見かねて、佃島の漁師である仙蔵と仙太が助けてやった。

それから十日ほどしたころである。

佃島に水死体が上がった。

これはめずらしくない。大川で水難事故があると、遺体はしばしば佃島に打ち上げられた。

身元を示すものはなにもない。

だが、遺体の顔を見た仙太は、見覚えがあった。

あのとき、溺れかけた仲間を助けようとしたお船手組の見習いだった。

名前をなんと言ったか。宮なんとかと言っていたような気がする。

仙太はお船手組の組屋敷を訪ね、見習いで宮なんとかの家を探した。

その家はあった。姉と弟の二人暮らしだった。

「弟は昨日からもどっておりませぬ」

「じつは、佃島に流れついた遺体を見てもらいたいんで」

姉はすぐに佃島に渡った。やはり、そうだった。

身体のどこにも傷などはない。

「身投げでしょうね」

と、仙太が言った。

それを聞いて、お英はすぐにわかった。弟の死んだ理由を。

「勤めがつらかったのでしょうね」

涙が堰《せき》を切ったように溢れてきた。

「どうだ、根岸。いい案は浮かんだか？」

と、定信は急《せ》かすように言った。

忙しいときに、定信が面倒なことを持ち込んできたものである。

まさか、松平定信が殺しの疑いで捕縛されるなどはあり得ない。もし、本当にやっていたとしても、そうした事態にはならない。定信はやはり、隠然たる力を持っている。

だが、人の噂は止められない。

「松平定信が人を殺した」

という囁きは、おそらく江戸中を駆け巡る。それは、定信の力を少しずつ削いでいくだろう。

「もう一度、そのときのことをうかがいます」

「うむ。何度でも言うぞ」

「宴会はずいぶん進んでいたのですね」

「そうだ。もう、だいぶ酒は回っていてな……」

皆、自分の席を立ち、別の席で差しつ差されつしていた。

だが、死んだ松平功山だけは、話よりも飲み食いに熱心で、ずっと同じ席に座っていた。

定信がいつまでももどらず、別の席で飲んでいるのを見て、しらばっくれてそのお膳のものを食いはじめていた。

これは功山がよくやることだった。大名にあるまじき卑しさだが、気楽な宴会になると皆、そんなものだったりする。

「それで血を吐いたと。御前はご覧になりましたか、血を吐いているところは？」

「ああ。ひどい吐血だった」

「たくさん血を吐いたのですね。それは、鮮血でしたか？」

「いや、鮮血というよりはいささか黒ずんだ血だったはずじゃ」

ということは、心ノ臓から出たばかりの血ではなく、体内をめぐって心ノ臓にもどっている血である。

「ははあ。それで、功山は肥っていましたか？」

「そりゃあ、あれだけ食うのだから、ちょっとした山のように肥っていた」

「酒もいっぱい飲んで？」

「そうだな。それで、汗っかきで、小便は甘い匂いがすると言っていたな」

「御前。それは毒ではありません。血の道がやられ、内臓から出血したに違いありません」

根岸は自信たっぷりに言った。同じような死に方をした者をよく知っていた。

三

「さっきはなぜ、逃げたのです？」

と、坂巻弥三郎はお英に訊いた。

二人ともおしるこは食べ終えていて、まだ食べられそうだというので、海苔巻きの餅を二人前頼んだ。

「恐かったからです」

「追って来たのは誰です？」

「言うのはまずいと思います。わたしの家はお船手組で禄をいただいてきた御恩もございます」

「だが、わたしが助けないと殺されていましたよ」

「……」

「殺気があった。嘘ではありません。それでもかばうのですか？」

お英はしばらくうつむいていたが、やがて覚悟を決めたように顔を上げ、

「古川克蔵さんといってお船手組の同心です」

「あいつは剣の腕も立ちました。だが、なぜ、あなたのような人を？」

「もしかしたら、あの渡し船に乗っていたのをわたしが見てしまったからではないでしょうか」

「渡し船に乗っていた！」

坂巻は思わず大きな声を上げた。

では、逃げた一人が古川克蔵だった。

「今日の昼、古川さんはあの夜、わたしが佃島にいたことをなじり、佃島の漁師とお船手組の仲はよくないと言いました」

「どうしてです？」

古川の話によれば——。

十一月になると隅田川の白魚漁が始まった。

その白魚漁のことで佃島の漁師と白魚役とのあいだで揉めごとがあったという。

これをお船手組が仲裁に入った。だが、お船手組は立場上、白魚役の肩を持つことになった。

すると、漁師の仙蔵と仙太は、

「落ちぶれたお船手組に偉そうなことを言う資格はあるのか」

などと言って、激高した。

「江戸湾を守っているのは、あんたたちだけだとは思わねえほうがいいぜ」

仙蔵はそう言った。

「それは、どういう意味なのだろう?」

坂巻はお英の話に首をひねった。


「御前。ちょっとだけ」

と、席を立とうとした根岸に、

「なんだ、根岸。大事な話の途中で席を外すな」

定信は文句を言った。

さっきから廊下のほうに栗田《くりた》が来ていて、話はまだ終わりませんかというような顔をしている。

「あれか?」

と、根岸は言葉には出さずに口の動きで訊いた。

栗田がうなずいた。

頼んでおいた調べが上がってきたのだ。

頼んだのは夕方である。

その前の昼ごろに、五郎蔵《ごろぞう》が訪ねて来て、

「根岸。ふと思い出したことがあった」

こう言ったのである。

「なんだ？」

「おれたちがまだ、ろくでもないことばかりしていたころ、佃の漁師で仙吉というのがいただろ？」

それはもう四十五年以上前のころである。

「あ、いた」

胆の据わった悪だった。

「おれは十年くらい前に一度、船同士ですれ違ったことがあった。漁師だったが、相変わらず貫禄みたいなものはあった」

「それがどうした？」

「このあいだの死体の若い者だが、おれは誰かに似てると言っただろ？」

「ああ、言ったな」

「仙吉に似てたんだよ」

「なるほど」

根岸の中で、いままでつながっていなかったものがつながった感じがした。

それからすぐ、根岸は五郎蔵とともに佃島に向かった。

何十年ぶりだろうか。佃祭りのときに渡るつもりでいたのだが、たしか鉄砲洲のほうで騒ぎがあり、そちらに駆けつけて、結局は渡らず仕舞いになったのだった。

だが、周囲を見回すとすぐ、この島の雰囲気を思い出していた。

対岸とはまるで違う。昔からそうだった。

渡船場のあたりはちょっとした広場のようになっているが、道を入っていくと、途端に息苦しささえ感じてしまう。小さな家が密集し、それでなくとも細い路地に網や桶や盥《たらい》などがはみ出している。

長屋らしき家はあまりない。それぞれ分かれた一戸建てだが、あまりにぴっちりくっついているため、島全体が長屋のように思えてしまう。

この島の由来は聞いたことがあった。

家康《いえやす》公が江戸に入ったばかりのころ。

摂津《せっつ》の佃村と大和田《おおわだ》村の漁師たちがこの地を拝領し、もとは大川の河口の砂洲のようだったところを漁師たちが土を運んで埋め立てた。

最初はたった三十四人の漁師たちである。

仙蔵の家を訪ねた。

長男はまだ漁には出ておらず、仏壇の前にいた。

「亡くなった仙蔵だが、四十数年前は仙吉といわなかったかい？」

と、根岸は訊いた。

「ええ。そうだったと思います。家は、代々、若いときは仙太、二十歳になると仙吉、孫ができると仙蔵を名乗っています」

「そうだったかい。ちなみに、あんたのところも、佃島に最初に来た三十四人につながるんだろ？」

「それはもちろんです。佃島のほとんどの家はつながります。おやじはとくにそのことを誇りにしていました」

仏壇に手を合わせた。

懐かしい思い出が胸をよぎった。

根岸は奉行所にもどると、栗田に早船権蔵の過去を調べるよう命じた。


栗田が持ってきていたのは、その調べものだった。

根岸はすばやくその文書に目を通した。

早船権蔵についていちばん古い記録は、四十年前だった。

日本橋の魚問屋〈田中屋〉が襲われ、千両が奪われた。このときはもう、船で来て、船で逃げ去るという手口は完成していた。

それからだいたい五、六年くらいずつ間隔を開けて、

深川　料亭〈ちひろ〉八百両
日本橋　海苔問屋〈山佐〉二千両
小網町　干し貝干し鮑《あわび》専門店〈竹ひろ〉千二百両
新両替町　海産物問屋〈鳴海屋《なるみや》〉三千両
浜松町　料亭〈小波〉千両
浅草　海苔屋〈山五屋〉二千両

などが襲われた。

「気がついたことはないか？」

と、根岸は栗田に訊いた。

「いずれも魚や海産物に縁があるのかもしれません」

「まさにそのとおりじゃ。まだ、あるぞ」

栗田はちょっと考えて、

「どれも、いまは無くなってますね」

「そうなのさ。早船権蔵に襲われたことで、商いはいっきに下降をたどり、ほどなくしてどれもつぶれてしまったのではないかな。それだけに、当時は新興の店であったのだろうな」

「老舗は狙わないという決めごとでもあったのでしょうか？」

「それさ、問題は。この襲われた店というのは、当時、ある勢力と密接に関わっていたからこそ、急激に勢いを伸ばしていたのではないかな」

「ある勢力？」

「む。いまは言わずにおこう」

しかし、十年前の盗みを最後に、犯行は途絶えていた。

ふたたび動き出したのは今年になってからである。

「わしは、早船権蔵は、死んだ仙蔵ではなかったかと思うのさ」

「なんですって」

「そして、今度の事件はおそらく、ずいぶん昔にまでさかのぼらないと解けないのかもしれない。古い、大昔の確執まで」

「古いとおっしゃいますと？」

「家康公が江戸に入ったばかりのころの秘密に関わることなのだろうな」

「家康公の秘密……」

栗田は呆然としている。

四

「根岸。まだか？」

と、定信から声がかかった。待たされて苛々しはじめたらしい。

「はい。すぐに」

と、席にもどった。

「御前。わたしが気になるのは、向こう隣にいたという男です。その男が、松平功山の最後の言葉を聞いたのでしょう？」

「そうだ」

「どなたです？」

「桑田小七郎《くわたこしちろう》」

「桑田小七郎でしたか」

定信は知らないのかもしれないが、かつて田沼意次《たぬまおきつぐ》に傾倒し、屋敷に日参していた旗本である。

その後、松平定信が老中になったため、桑田はすばやく身を隠すように、目立つ行動を慎んでいた。

その桑田が、いまでも定信のためになることをするとは、ちょっと考えられなかった。

桑田が定信の向こう隣にいた。松平功山が、定信のお膳から盗み食いのようなことをしているのも見ていた。

桑田は賢い男である。松平功山の死因が病であるのもすぐに見て取ったに違いない。

だが、そこで毒を連想するようなことを言えば、しばしば口論していた松平定信をすぐに思い浮かべるだろうと。

「倹約も度が過ぎる……」

それが誰を差す言葉なのか、知らない者はいない。

だが、それは言ってなかったのではないか。定信に疑惑を向けるため、その場でついた嘘だったのではないか。

「そうか、嘘か……」

定信は、悔しいというより、落胆した口調で言った。

「ですが、いったん出回ってしまうと、それを否定するのは難しいでしょうね」

「では、出回りっぱなしにするのか？」

「それもまずいでしょう」

「まずいさ。根岸。どうしたらいい？」

「いま、考えております」

「こうしているあいだにも、噂が飛び交いはじめているような気がする。せめて、肝心な男のところには弁解して歩くか」

「お待ちを。ご自分で否定して回るのは、逆に怪しいと思われます。ここはわたしがなんとかいたしましょう」

「なんとかと言ったって」

「こうしましょう！」

根岸は自信たっぷりに言った。


松平定信を送り出すと、ほぼ入れ替わるように坂巻弥三郎がもどって来た。坂巻は娘を一人伴なっていた。

この娘の話を聞いた。

「ほう。そうか」

根岸は何度も膝を打った。疑問が次々に氷解した。

娘は大事な証人となる。しばらくのあいだ、奉行所に泊まり込むよう、頼んだ。

それから、もうだいぶ遅い刻限ではあったが、根岸は護衛に坂巻弥三郎を連れて深川に向かうことにした。

ちょっとだけでも力丸のところに顔を出すつもりだった。

やっぱり、力丸の猫は死んでしまった。

手紙の文面からも落胆は伝わってきた。身近にいた生きものが死んだときの寂しそれで、力丸の家に行く前に、根岸は五郎蔵のところに行き、伝次郎《でんじろう》の家を訪ねて、深川まで付き合ってくれと頼んだ。

伝次郎は、「根岸さまのためなら」と、喜んでついて来てくれた。

「まあ、ひいさま。こんな遅くに」

と、力丸は驚いた。

「うむ。このあいだ、五郎蔵の話に出ていた伝次郎を連れてきたのさ」

「まあ」

「猫のことを見てくれるらしい」

「猫のことを？」

力丸は怪訝そうにしながらも、根岸や伝次郎、坂巻を家に入れた。

「あ、猫が」

伝次郎はすぐにそう言った。

「三毛猫でしたね」

根岸は何も言っていない。ただ、猫が死んで、寂しがっている女がいると伝えただけである。

「わかるの？」

「はい」

「いるの？」

「いますよ。いまはまだそこに」

階段のいちばん上あたりを指差した。

「ああ、あの子はお客が来ると、いつもそのあたりでようすを窺っていたの」

そう言っているうちに、まだ生きている猫たちも顔を出した。

「三匹で仲良くしてたんですよ。あの子がいなくなったら、寂しそうでね」

力丸はたもとを目にあてた。また涙が止まらなくなるのだろう。もう、鼻も眼の下も、赤く腫れたようになっている。

伝次郎は耳を澄ますようにした。

「大丈夫ですよ。別の世界では元気に生きてますよ」

と、伝次郎は言った。

「あるんだそうだぜ。別の世界というやつは」

根岸は自分もそれを確信しているように言った。

ただし、それが本当のことかどうかは、もちろん根岸にはわからない。伝次郎が力丸を慰めてあげたくて、われ知らずついている嘘なのかもしれない。

だが、そうした世は本当にあるのかもしれない。人はこの世のいちばん核心に関することは何もわからない。

「そう言われると、なんだか気が休まりますね。どこかで、あの子が生きていてくれると思えるだけで」

力丸は涙を流しながら微笑んだ。

五

翌日である——。

坂巻弥三郎は、このところなかなかおゆうの店に顔を出せないでいた。年末で忙しくしているのだろう。男手だって必要なときもあるはずである。ちょっとでも顔を出してやりたいが、渡し船の事件の探索もだんだん核心に迫りつつある。探索がずっと鉄砲洲や佃島やこの周辺なので、神楽坂のほうには足を伸ばしにくいのである。

「おぬしはいいな。八丁堀の近くで」

と、坂巻は栗田に言った。

「なにが？」

「探索の合い間にちらっと家に立ち寄れるじゃないか」

「うん、まあ、それはいいのだが」

と、栗田の眉が曇った。

「どうした、何かあったのか?」

「いや、なに、醜い顔の仙人のことでな」

「醜い何だって?」

「うむ。それはどうでもいい。それよりおぬしこそ、何だ? ははあ、神楽坂の娘に会いたいってか?」

「そりゃあそうさ」

「我慢しろ。なんとか年内にはけりをつけて、正月にはゆっくり顔を出してやればいいさ」

と、栗田は慰めるように言った。

「用意はいいかい、お英ちゃん?」

「はい。ありがとうございます」

お英はうっすらと化粧を終えていた。

昨日からは奉行所の私邸でしばらく暮らすことになった。ただ、どうしても取りにいきたいものがあるというので、お船手組の組屋敷に護衛として同行することにしたのである。

向こうも敵が何人いるのかは定かでない。それでも真っ昼間に乱暴なふるまいに及ぶはずはないのだが、そこはいちおう用心のためである。

「じゃ、行くか？」

お英を連れて奉行所の外に出て、少し行ったところで、

「しまった。お奉行に届ける書類を忘れた。そこらで待っててくれ。すぐに取って来るから」

と、栗田が慌てて引き返した。

お濠に架かった数寄屋橋の上である。

二人だけになった。

お英は幾つなのだろう、と坂巻は思った。まだ二十歳をいくつか出たばかりではないか。

それなのに、父母をつづけて失い、弟にも死なれてしまった。お船手組の組屋敷にたった一人残されて、さぞや途方に暮れることもあっただろう。

誰か頼りになる人はいないのだろうか。

八丁堀あたりの次男坊で、お英のところに婿になれるやつなどもいるはずである。

――栗田に訊いてみようか。

と、坂巻は思った。

おゆうはお濠端を歩いていた。

昼間から店を出てきた。どうせ客など入らないのである。

やはり坂巻に相談しようと思った。このところ顔を見せないので、忙しいのはわかっている。だが、奉行所の近くで、ほんの少しだけ話をするくらいは大丈夫ではないか。

辛抱強く繁盛するまで待つという手もあるが、どうすれば客が入るようになるのか、見当がつかない。

それに、暮らしにかかるお金はもうぎりぎりのところまで来ている。借金こそないが、店を借りるための敷金と、趣味のいい茶碗や皿などを揃えるのに、けっこうお金がかかってしまった。

店を畳まないと、やはり暮らしていけそうもない。

それで敷金が返ってきて、茶碗や皿を売って、伊豆に引っ込むか。

伊豆に行けば、親戚の者がいたりして、暮らしていくことはできる。

だが、江戸を離れるのはつらい。坂巻とも会えなくなってしまう。

新宿にもどるという案もある。あそこならやっていける自信はある。現に繁盛していたのである。

わたしはやはり、埃臭い街道筋が似合いなのかもしれない。高台でお洒落な店など思ったのが、失敗だったのだろう。

ただ、そうなると、せっかく坂巻が勧めてくれた生き方を途中で投げ出してしまうことになる。

気を悪くするだろうか。

坂巻に限って、そういうことはないと思う。むしろ、恐縮してしまうにちがいない。それだったら、こっちも申し訳ない。

――とにかく相談の上で。

と、おゆうは思った。

数寄屋橋の手前まで来て、おゆうの足が止まった。

坂巻弥三郎が橋の上に立っていた。

――坂巻さん……。

だが、坂巻の前には若い娘がいた。

娘の表情も見えた。その表情にあらわれた気持ちは、女の自分にははっきりわかった。

好意。それも、恋心といっていいくらいの強い好意。

愛らしい娘だった。美人というよりはかわいらしい感じだった。笑顔に癖がなかった。それは、坂巻という人によく似合っていると思った。

おゆうはすぐに踵《きびす》を返した。

夕刻近くなって——。

松平定信は勢いよく奉行所に入ってくると、

「うまくいったな。じつに。根岸のおかげだ」

と、嬉しそうに言った。

「いえ。これしきのこと」

根岸は昨夜、同じことを巷で起こさせましょうと言ったのである。

すると、昨夜の定信は、

「同じこと？」

と、首をひねった。

「町場でまるっきり同じ事件が起きたことにするのです。ただ、男が死んでしまったことにすると、なぜお裁きにならないのかと、おかしなことになりますから、助かったということにします。あとはまったく似たような状況にして、これを瓦版にするのです」

「瓦版だと」

「はい。それで、さっき言った謎解きまでちゃんと書きます。毒殺ではなく、病死だったこと。そして、向こう隣の男が言ったことで、毒殺を疑われたこと」

「うむ」

「これをわたしの知り合いの瓦版屋に頼み、一晩でつくらせます」

「そんなに速くできるのか？」

「もちろんです。御前はそれをさっそく葬儀の席でばらまいてください」

と、こういう案を出していたのである。

瓦版屋は定信がいるあいだにここへ呼んで、すぐさま口頭で文面と絵柄の案を伝え、翌朝には松平定信の屋敷に届ける約束をさせていたのである。

その瓦版はちゃんと届けられていたらしい。

それを松平功山の葬儀の席に持って行き、ばら撒いてきたのである。

「どうでした？」

「読んだ者は皆、なるほどそうだったのかと言っておる」

「向こう隣のお人は？」

桑田小七郎のことである。

「わしは会っておらぬが、なんでも急に具合が悪くなって、あとから、以後、あらゆる会合には出ないことにしたと伝えてきたらしい」

「そうですか。それでよかったと思います」

「そなたのおかげだ」

「いいえ」

「根岸。そなた、町奉行より、瓦版屋になったほうがいいのではないか？」

と、定信は真面目な顔で言った。


「御前。古い話でお訊きしたいことがございまして」

と、根岸はさっさと帰ろうとする松平定信に言った。

「古い話？」

「じつは、佃島の漁師のことで」

「佃島の？」

「わたしは以前に佃島の由来などを聞いたときに思ったのですが、佃島を築いた漁師たちは、ただの漁師だったのでしょうか？」

「どういう意味だ？」

「わざわざ漁師を摂津から連れて来るでしょうか？」

「あ、そのことか」

「じつは、佃島の漁師とお船手組のあいだに、対立の気配があります。おそらくそれは、かなり昔のことに起因するのではないかと思うのです」

「それで、そなたは佃島の漁師たちには別の役目があったのではないかと？」

「はい。おそらくそれは、お船手組の向井将監とも関わること」

「そなたもよく、そういうところまで頭が回るものよのう」

「当たっていそうですか」

「おそらくな。これは大昔のことだが、わしもどれだけ正確な知識を持っているのかはわからぬ。ただ、家康公は江戸は海の守りが弱いと思っていたのは間違いない」

「はい」

「これはな、わしも老中のときにつくづく思ったのだ。江戸というのは陸から攻められることには充分な備えができている。ただ、海が弱い」

「そういえば、江戸湾の警備を強化せよとおっしゃっていたと聞きました」

寛政四年のことである。ロシアのラクスマンが通商を求めて根室にやってきた。定信は鎖国を理由にこれを拒否し、湾岸警備の強化とともに江戸湾の警備を各藩に担当させるべく、いわゆる寛政の改革のなかで提言したのだった。

「うむ。家康公は江戸開府の当初から日比谷の海を埋め立てられたり、さらなる干拓を計画なさった。これも不思議だとは思わぬか？」

「と、おっしゃいますと？」

そう訊いたけれど、根岸は何となく思い当たるものはある。それは、江戸の町づくりのことを考えたときに感じた不思議の一つなのである。

「江戸は背後に広大な平野を持っている。町を広げたかったら、そちらにどんどん町屋を増やしていけばよいではないか。なにゆえに苦労をして、海を埋め立てなければならないのだ」

「海の防備がご心配だったのですね」

「そうだと思う。だから、海と江戸城に距離を設けたかった。城はあそこでよい。高台の端にあり、陸からの攻撃に対して守りは充分だ。だが、海は恐かったのだ」

「なるほど」

と、根岸はうなずいた。じつは、内心、そう思っていた。

「それで、海の防備だが、家康公は水軍を三浦半島に置き、向井将監をそこの霊岸島のところに置いて、江戸湾の防備を担当させた。ただ、向井将監は曲者でな」

「ますます面白い話になってきましたな」

「まず、あの者たちは海賊の末裔だからな、ものの見方が陸の者と違う。家康公のほうはこれはもうべったり陸の人であられた」

「確かに」

「そこが違ううえに、初代あたりはキリシタンだった」

「そうでしたか」

「いまは知らぬぞ。おそらくキリシタンではなくなっているはず」

「たとえキリシタンであっても、ほかの隠れキリシタンと同様に仏陀の教えと混じり合い、おかしな宗旨になっているでしょう」

「うむ。そんなわけで、家康公は向井将監に対抗する者を霊岸島の前の佃島に置いた」

「それが、三十四人の初代の漁師たちですね」

「たぶんな」

「だいたいが、佃島の漁師たちは、本能寺の変のあと、家康公がひそかに伊賀越えをしたそのときに力を尽くしたというのでしょう？」

「そうだ」

「ならば、その話だけでもただの漁師とは違いますね？」

「違うわな」

「白魚漁をやらせるためだったなどという話もありますが、それなら以前から江戸にいる漁師にやらせたほうが、何の問題もありませんよね」

「そうさ」

「では、最初にやってきた漁師たちは、じつは漁師というより」

「うむ。おそらく、その三十四人の漁師たちは、向井将監の一族とはまた別の、海の忍者というべき者たちだったのではないかな」

「海の忍者！」

松平定信からその言葉を聞くと、佃島の漁師たちの歴史の深さがなおさらに感じられた。

第五章　久兵衛の極意

一

南町奉行所の根岸肥前守《ねぎしひぜんのかみ》のもとにふいの訪問者があった。

真佐木久兵衛《まさききゅうべえ》といって、江戸では知る人ぞ知るといった剣術遣いである。

歳は根岸とさほど違わない。だが、根岸よりも細く小柄で、佇まいがどことなく飄々としている。そのため、歳よりも五つ六つは老けて見られがちである。

その久兵衛が、

「忙しいとわかっているのに申し訳ござらぬ」

と、恐縮している。

数日前、路上でばったり会った。ほんのしばらく立ち話をし、渡し船の事件がまだ解決しておらぬのでと、早々に別れたのだった。

「いや、大丈夫だ。どうなされた？」

「じつはちと、気になることがあって」

「うむ」

「立ち話のとき、このところ若者の士気が落ちているという話で、お船手組の若い者もひどいとおっしゃったな」

「ああ、あれか」

「そのお船手組の若者が拙者のところを訪れてな。それがちと気になったので、かんたんに報せておこうと思った次第で」

「ほう」

「例の『耳袋』に書いてくれた話でな」

「どっちのほうかな？」

真佐木の話は二つ入れている。ただし、差しさわりが予想されたので、『耳袋』では名を真木野とし、時代も享保の人ということにしてある。もちろん、秘帖版のほうは、真佐木とし、ほかにあと三つほど、面白い逸話がある。

「駆けっこのほう」

「あい、わかった」

それは次のような話である。

真佐木久兵衛のもとに町人三人が弟子入り志願をした。

「いくら金がかかってもいいから、短いあいだに剣術の腕を上げていただき、免許皆伝をいただきたい」

久兵衛はこれを引き受けた。

そして、三人を神田明神に近い桜の馬場に呼び出した。

ここで、久兵衛は駆けっこをしたのである。

結果は、まだ若い三人が圧勝。すると、久兵衛は早くも免許皆伝を与えたのである。

「一本の太刀筋も教えてもらわないで、もう免許をいただくというのもちと……」

と、三人は不平を言った。

すると真佐木久兵衛は、

「いや、よいのだ。なぜなら、わしはたとえ老人といえども、道の半ばほどで倒れてしまう始末。一方、そなたたちは、息切れもせず、馬場の端まで駆け抜けた。だから、よいのだ」

「ううん。合点がいきませんねえ」

「よいか、すべての剣術の流儀というのは、人を斬るための術ではないぞ。身を守るための術なのじゃ。こっちから戦いを求めて行くのではない。向こうから向かってきたときは、その憂いを避けるのが肝心だ。武士というのは逃げることができない身分だが、町人は違う。逃げてもかまわない。さきほど、わしはそなたたちを追ったが、ついに追いつくことはできなかった。あれこそ逃げ足達者。わが流派の極意であるから、免許を与えたのさ」

　そう言われて、三人もありがたく免許をちょうだいしたのである。


「あれは面白かったです」

と、わきにいた坂巻弥三郎《さかまきやさぶろう》が言った。

「ほう、そうかい」

　真佐木久兵衛は照れ臭そうな顔をした。

「なんだか、剣聖塚原卜伝《つかはらぼくでん》の逸話を聞いたようでした」

「ま、それはともかく、つい昨日なのだが、若い男たちが来て、おそらくは根岸さまのご本を読んだのだろう、似たようなことを言ったのさ。金はいくらかかってもいいので、短いあいだに免許をとな」

「なりは？」

　と、根岸は訊いた。

「刀は差しておらず、町人のようななりをしていた」

「ところが、その二人は武士だった」

「なぜ、わかった？」

「陽に焼けて、手のひらに船頭のような胼胝があり、ちらりと霊岸島の組屋敷に帰ると言った。霊岸島にある組屋敷といったら」

「うむ。お船手組だけだ」

「お船手組の若者たちが、なぜ、そのようなことを言ってきたのか首をひねったのさ」

「ふうむ」

「やはり、剣術の免許が欲しいのだろうな」

根岸がそう言うと、

「そりゃあ、贋の免許皆伝で女でも口説こうというのでしょう」

と、栗田《くりた》が言った。

「だが、そんなことをしてもすぐにばれるだろうよ」

坂巻が笑った。

「それは違うな。どうも、あの二人は、嘘をついてまで女をものにしようなどという気概というか、蛮勇というか、そういうものはなさそうだった」

真佐木久兵衛は苦笑した。

「それで、どういたした？」

「そういうすぐに金がどうのと言い出すような者は教えぬと、とりあえず断わったが、また来ると言って帰った」

「駆けっこに勝つつもりできたのかな」

「おそらく」

「では、負かしてやればよいではないか」

と根岸が言うと、栗田と坂巻が、

「え？」

と顔を見合わせた。

「なんだ、そのほうたち。真佐木が本当に駆け足で負けたと思っていたのか？」

「ええ。お奉行がそういうふうにお書きになっていたので」

と、栗田が言った。

「これからもそういうことがあるかもしれぬのに、ばらしてしまうのはまずかろうよ」

「そうでしたか」

「だが、なんとなく憎めないところがあってな」

と、久兵衛は言った。

「そりゃそうさ。わしもこのあいだ、お船手組の見習い二人に、ちゃんと遺体の顔を見ろと大声を上げてしまった。だが、けっして憎んでいるわけではないし、あの者たちが特別、駄目だと思っているわけでもない。泰平の世に生まれ育ってきたのだから、荒々しさに欠けるのは当然さ。逆に、わしや五郎蔵《ごろぞう》などがそうだったように、飢えた狼みたいな若者がいいかといったら、そんなわけはない。たいがいの者たちは、お船手組の若者のほうがいいというだろう」

「それはどうかな」

「いや、そういうものさ。ただ、そういう穏やかな若者もやはり仕事をしなければならぬ。その仕事のことでは、しっかりとやってもらわなければならぬのでな」

「では、また来たら、わしなりのやり方で対応しておくぞ」

「そうしてやってくれ」

と、根岸は頼んだ。

二

もう暮れも押し詰まってきている。

渡し船の事件はいまだ解決を見ない。

このままでは、栗田や坂巻は正月どころではない。もちろん、根岸もである。

だが、ものごとは着々と動いている。

まずは仙蔵の孫の鮫二《さめじ》が動き出していた。

根岸たちも鮫二の足取りを追っていた。本当に抜け参りに行っていれば、足跡を追うのは逆に難しい。道中手形もなしで、関所を通過して行けるのだ。

だが、根岸は江戸に、しかも島の近くにひそんでいると見ていた。このため、鮫二の家を見張らせ、さらには夜に島に近づく舟なども警戒させていた。

それでも、鮫二の行方は杳《よう》として知れなかった。

その鮫二が――。

なんと、この寒夜に水にもぐっているではないか。

若い鮫二の頭は、復讐の気持ちでいっぱいだった。

――爺ちゃん。仙太《せんた》。仇はかならず取るからな。

と、小声でつぶやいた。

仙蔵は対岸で酔ったあげく、海に落ちて死んだ。

「爺ちゃんが酔って海に落ちただと」

そんなことがあるわけがなかった。仙太も鮫二もそんなことは信じなかった。

〈早船権蔵〉という綽名《あだな》で、海ばかりでなく陸の大店まで震撼させた爺ちゃんが、酔って足を踏み外して死ぬなんて……。力ずくだって、爺ちゃんを水に浸けることなんかできない。おそらく、毒でも盛られたのだ。

——このあいだの仕返しだ。

と気づいた。お船手組との喧嘩。爺ちゃんは、家康公のお墨付きのことまで持ち出した。よほど悔しかったのだろう。なんとかかたき討ちをしてやりたい。

お船手組との全面戦争。仙太と鮫二も一瞬はそれを考えた。

佃島には、初めてこの島にやって来た先祖たちの気概と海での戦いの技を受け継いでいる家はいまだに何軒もあるはずだ。それが誰の家かはわからない。だが、いざ、ことが起きたときは、島の者は皆、一致団結するはずである。そのとき、そうした技を伝えてきた家も明らかになるだろうと、仙蔵は言っていた。

だが、さすがにお船手組と全面戦争はできない。そうなれば、佃島の住人全員がとんでもない被害を蒙ることになるだろう。戦国のころとは違う。日本中、逃げるところも無くなってしまった。

「訴えると脅しておいて、あの野郎だけは殺そう。それで手打ちとする。なにも向こうだって、話を大きくしたいわけじゃねえんだ」

と、仙太は言った。

なんとしても許せない男。古川克蔵。

あいつだけは殺して、あとは我慢しよう。鮫二もその言葉に納得した。

「おめえらが爺ちゃんをやったのはわかってるんだ。奉行所に訴えて出るぞと、まずはそう言って脅そう」

仙太の戦略だった。仙太は身体の技もすぐれていたが、そうした戦略を立てるのも得意だった。

「ほんとに訴えるのか？」

「それはどっちでもかまわねえ。訴えてもなんの証拠もねえ。だが、あいつらだって騒がれるのは嫌なんだ。だから、絶対、手打ちの話には乗ってくる。乗ってきたところで古川を殺し、浦賀奉行所の佐久間《さくま》周吾《しゅうご》さんに話をまとめてもらう。佐久間さんもお船手組の堕落ぶりには呆れている口だから、おれたちの気持ちもわかってくれるさ」

「葬儀の場でやるのかい？」

と、鮫二は仙太に訊いた。

「そりゃあ、さすがに無理だ。坊主もいれば、よそに暮らしてるやつらだっている。帰りの渡し船だ。揺れたふりして落っことし、水の中で首を絞めてやるさ」

「ああ、そりゃあいい」

それを実行しようとしていた矢先だった。まさか、あんなに大勢、連れてきやが

ると は思わなかった。

「今度のことはおれの家だけで決着をつける。すなわち、おれと仙太と鮫二。この三人だけだ。わざわざ島が一丸となるほどのことではないし、皆に迷惑もかけられない」

と、仙蔵爺ちゃんもそう言っていたのだ。たかだか敵はお船手組の古川克蔵ただ一人だと。

だが、それは間違いだった。古川の後ろには町人で悪いのがくっついていたのだ。しかも、爺ちゃんは予想さえしなかったが、その町人というのは、爺ちゃんのかつての子分の又八《またはち》だった。

それは、もう一人の子分だった丑吉《うしきち》が教えてくれた。又八は金がなくなり、昔取った杵柄だと盗人稼業を復活させた。丑吉もそれを手伝った。だが、又八のやり方はやはり仙蔵爺ちゃんとは違った。手当たり次第で、あいだを空けることもしなかった。どうしようかと、丑吉は仙蔵爺ちゃんに相談しようとしていた矢先だったという。お船手組との喧嘩だけでなく、昔の子分のこともからんで爺ちゃんは殺された。まさか、古川克蔵と又八がつるんでいるなんて、爺ちゃんも思っていなかっただろう。丑吉には、もう少し早くに教えてもらいたかった……。

鮫二はそっと、お船手組の船の艫《とも》に近づいた。

夜の見回りの船である。白魚漁に異常はないかを見て回る。どうせ、お船手組と白魚屋敷の連中は結託しているので、ほとんど佃島の漁師への嫌がらせのような巡回になっている。

古川克蔵がいた。舳先にぼんやりと立っていた。

——よし。今宵こそ、やれる。

身体が冷えないといえば嘘になるが、地上の寒さほどではない。いまは上げ潮どき。ここらは海の水で、川の水よりずっと温かい。しかも、もう少し経つと海の水は地上より冷たくなるが、いまどきは海の水のほうが温かいくらいなのだ。

さらに、爺ちゃんから教わった方法もちゃんと実践している。全身に油をすりこんでいる。さっきは生姜をたっぷり入れた熱い湯も飲んできた。

ぴったりした革の肌着と手袋もつけている。この手袋が大事なのだ。海から這い出たとき、手がかじかんでしまって、刀さえつかめないことがある。そのとき、手袋をつけていれば、ずいぶん違う。

古川がこっちに背を向けて船縁に座った。これだと、銛《もり》一発で仕留められる。

——落ちつけ。焦るなよ。

鮫二は自分に言い聞かせる。仙太は立派だったと思う。渡し船が転覆したとき、あんな状況でも三人相手に一人を仕留めることができたのだ。ついに刺されてしまったが。

おれときたら、三人の攻撃をかわすのが精一杯で、ただの一人も倒すことはできなかった。今日こそは、あの古川克蔵をぶっ殺してやる……。

鮫二は水の中で小便をした。温かいものが腹のあたりを漂い、この温もりが一瞬でも、冷たさを忘れさせてくれる。これも爺ちゃんが教えてくれた海の戦いの技のひとつだった。

——よし、行くぞ。

鮫二は船縁に手をかけると、いっきに船へと這い上がろうとしたとき、

「古川。そろそろ交代だ」

と、向こうの船から声がかかった。

別の船が来ていた。

——ちっ。

鮫二は舌打ちした。またしても仇討ちはお預けだった。

動いているのは鮫二だけではなかった。奉行所の岡っ引きたちも、暮れの夜中にいたるまで、しつこいくらいの見張りをつづけていた。

京橋近くの〈東海屋〉を神田の辰五郎《たつごろう》が見張っていた。根岸は、死んだ手代の音《おと》松《まつ》の彫り物を、あるじも番頭も知っていたと判断した。つまりは、あの連中は只者ではないと……。

昼夜、絶え間なく見張れということで、下っ引きだけでなく梅次《うめじ》や久助《きゅうすけ》もいっしょになった。

そして、ついに東海屋のあるじが動いた。夜中になってから、そっと外に出てきた。荷物も小僧の連れもない。まるで、すぐ近くの妾宅にちょっと行ってくるというような恰好である。

辰五郎と梅次はあとをつけた。あいだの距離を半町（約五十メートル）ほど空けて、慎重にあとをつけた。

ぎりぎり歳の暮れである。あと二日経てば、元旦である。通りにはもう、門松も飾られてある。

「どうだ、岡っ引きも楽じゃねえだろう」

あとをつけながら、辰五郎が小声で訊いた。まだまだ手元に置いて鍛えてやりたかった子分である。いくつか事情があって神楽坂で十手を預かることになったが、しょっちゅう辰五郎の家を訪ねてくれている。

「ええ。でも、やりがいがあります」

「根岸さまも褒めてたぜ。梅次はしっかりしてきたと」

「そうですか。だが、貫禄がないものだから」

「馬鹿にされるってか」

「ええ」

「貫禄なんざそのうち自然についてくる。いまは、逆に貫禄がねえのを利用してればいい。うちのしめさんもそうだろう。誰も怪しまないから、すぐ近くまで行って大事な話を聞き込んでくる。あの伝でいけばいい」

「親分」

梅次が先に足を止め、辰五郎の袖を引っ張った。

あるじが、夜鳴きそば屋の前で立ち止まった。

そばを頼み、うまそうにすすりはじめた。

まもなく、別の客が来た。辰五郎はその客の顔を見ると、さすがに胸が鳴った。

客は渡し船の転覆で助けられていた贋の若右衛門だった。東海屋のあるじと贋の若右衛門とが、なにか話した。どこか目配せでもし合うような気配があった。

「今度はあっちだぜ」

と、辰五郎は言った。

風が強かった。どこか板戸でも開いたように、急に部屋の中に渦を巻きながら隙間風が吹いた。黒猫のお鈴《すず》が、

「みやっ」

と、鳴いた。驚いたような、喜んでいるような声だった。

おたかが来て後ろに座っていた。おたかは、なにか皿でも出して拭いているようなしぐさをしながら、

「暮れも押し詰まってきましたね」

と、言った。だが、皿も茶碗も何も見えなかった。ただ、少し色が薄い気がする――それは乏しいろうそくの明かりのせいかもしれない――小柄なおたかが見えているだけだった。

「まったくだ。一年の早いのには嫌になってしまうな」

根岸はうなずいた。

「ほんとに。あと三日のあいだにやることがいっぱい……」

「あと、三日？　大晦日《おおみそか》までか？」

「そりゃあそうですよ。元日までは四日ですよ」

と、おたかは笑った。

おたかは何を言っているのだろう。大晦日は明日ではないか。あと二日で元日で

はないか。まさか、自分のほうが惚けてきているのか。

やはり、おたかは別の世界で暮らしているのだろうか。

そこは、こっちの世とは二日ずれていて、しかもそっちの世にはこのわしがいないのだろうか。

わからなかったが、恐怖のような気持ちはわかなかった。ただ、人が知っていることなど、ほんの一握りなのだという、根岸の考えの中核にあるものを思い出しただけだった。

「静かなお正月だとよいのですが」

「そうだな」

「あ、盃を出しておかなければ」

おたかはそう言って立ち上がった。

お鈴がまとわりつこうとしたが、それはかなわない。腹を見せながら横になり、足で何度か引っ掻くようなしぐさをした。

何も言わずにいなくなったので、またもどって来るかと思ったが、もうもどって来なかった。

根岸は冬の夜に、まるで飼い猫を亡くしたばかりのように寂しかった。

三

明けて大晦日である——。

お船手組の情けない二人組が真佐木久兵衛のところにやって来た。今日も町人を装っていた。

「そこまで言うなら神田明神に近い桜の馬場までいっしょに来てもらおうか」

久兵衛がそう言うと、二人はそっと目を合わせ、にやりとした。

「わしと駆けっこをしてもらう。ここを一周だ。よいか」

「わかりました」

「では、行くぞ」

久兵衛と二人は駆け出した。

久兵衛の速いこと。若い二人をたちまち引き離してしまう。

「え?」

二人は訳がわからない。

こんなはずではないという顔である。

久兵衛は若い二人がまだ半周もしないうち、元のところにもどって来た。たいして息も切らしていない。

若い二人のほうは、息も絶え絶えになって出発したところにもどって来た。すぐにしゃがみ込み、がっくり肩を落とした。二人とも顔は泣きそうである。

「どうした、予想とは違ったか？」

久兵衛は笑いながら訊いた。

「まったく違いました」

「逃げ足の速さで免許皆伝をもらえると思ったのだろう」

「ええ。年寄りにも勝てないなんて」

二人は見るも無残なほど意気消沈している。なんだか動かない虫になってしまったようである。

「なにゆえに、そんなに免許が欲しい？」

「ちょっと訳がありまして」

「そなたたち、町人のふりをしているが武士であろう？」

「え」

「わかったのですか？」

二人は顔を上げた。

「わかるさ。そんなことは。名前くらいは名乗ってもよいのではないか？」

「はい。わたしは木崎《きざき》と言います」

小肥りのほうが言った。

「高松《たかまつ》です」

こちらはひょろひょろと背が高い。

「何かつらいことがあるなら、相談に乗ってやろうか？」

「相談に？」

「うむ。ぴったりした助言を言えるかどうかはわからぬが、悩んでいることを口にするだけでも、けっこう気は楽になったりするものだぞ」

二人は顔を見合わせ、どうする？　というような顔をした。

一人がうなずき、

「じつは、わたしたちはある組で見習いをしているのですが、なかなかついていけないのです」

「うむ」

久兵衛は笑いたくなるのを我慢した。お船手組というのを知られていないと思っているのが微笑ましいくらいだった。

「水練もなかなか上達せず、船を漕ぐのも下手です。それは、まあ、そのうちになんとかなるだろうという気はするのですが、ただ、わたしたちを指導する副長みたいな人が恐ろしく厳しい人で」

「死んでしまえというくらいにしごかれるのです。もう、毎日、へとへとで、朝から憂鬱になって、上達しようなんて気もなくなります。逃げようとか、うまく怠けようとか、そういう気持ちしかなくなっているんです。自分たちも、これじゃあ駄目だと思うのですが」

木崎と高松は互いに見交しながら、交互に語った。

「しかも、しごかれるだけでなく、なんか嫌なことまでさせられるんです」

「嫌なこと？」

「ええ。このあいだなどは、戦《いくさ》の稽古だからと、船をもう一艘の船にぶつけるというのをさせられまして」

「こっちのほうが大きいですから、向こうの船はひっくり返ってしまいました。しかも、その船も同じように訓練の船ならいいのですが、ごくふつうの船で人も乗っていたんですよ」

「……………」

久兵衛はすぐに思い当たった。この二人は、いま、根岸肥前守が追っている渡し船の殺しについて話しているのだ。かすかに胸が高鳴るのを覚えた。

「終わったあと、これできさまらもわしの仲間だと言われて」

「もう抜けられぬなとかも」

「それで考えて、抜けたいなと思ったんです。あんなところでずっとつらい一生を送るくらいなら、別のところに行こうと」

「そうしたら、町奉行所の中間《ちゅうげん》に空きがあるという話を聞かされて」

「町奉行所の中間だったら剣術くらいはたしなんでおかないとまずいと思って。それはきちんと学ぶつもりなのですが、とりあえずすぐに免状があればと思ったわけです。それで、真佐木さまのところで、かんたんに免状をもらったという話を人づてに聞きまして」

「なるほどな。だが、奉行所だって厳しいのではないか？」

「それはそうだと思います。ただ、南町奉行所のお奉行さまと接する機会がありまして、じつはそのときもわたしたちは叱責されたのです」

「ほう」

「ただ、叱り方が違うのです。仕事なんだからしっかりやらなければ駄目だというのを叱ってくれたのですが、そこには温かみがあるんです。仕事を一生懸命やることで、自分も成長し、他人も助けることができるようになるぞというのが感じられる叱り方なんです」

「そうなんです。いまのわたしたちの副長は違うんです。なんというか、わたしたちを打ちのめし、二度と立ち上がれないようにしてやろうと、そういうふうにししか感じられないんです」

そう言って、片方の若者ははらはらと涙を流した。

久兵衛は内心、情けないと思いつつ、黙って聞いた。

「だから、ああいうお奉行さまの下ならやれるんじゃないかと」

「いまの家は金で株を売ることができるらしいので。親はもちろん、怒るし、反対するでしょうが、わたしたちの友人が悩んだ末に自死してしまいまして。同じことになるよりはましなんじゃないかと思ってくれるのではないかと」

すると、木崎が高松を見て、

「駄目だったら、わたしたちも宮原《みやはら》のあとを追うしかないよな」

と、つらそうに言った。

「それで、その変な仕事というほうは大丈夫なのか？」

と、久兵衛は訊いた。

「大丈夫？」

「うむ。もう、何もしなくてよくなったのか？」

「とんでもない。今日の晩もまた、駆り出されるのです。大晦日の晩ですよ。ただ、船を走らせるだけだとは言われたのですが……」

「あとになって、わたしたちがやったことの中身が伝えられるんだよな。そのときはもう、他人にも打ち明けられないようなことになっているんです」

「そりゃあまずいな」

と、久兵衛は本気で同情した。


辰五郎と久助は、出雲町《いずもちょう》にある海産物問屋〈荒海屋《あらうみや》〉の前を行ったり来たりしていた。ここは江戸の目抜き通りであるだけでなく、東海道でもあるから、人の流れに絶え間がない。何度行ったり来たりしても、目につくことはなかった。

昨夜、贋の若右衛門のあとをつけた。贋の若右衛門がそっと中へ入ったのが、この荒海屋だった。

「どうだ？」

と、久助がいっしょに歩いていた肥後屋のあるじに訊いた。

肥後屋はみかん泥棒にしくじった呉服屋である。あまりにも急に落ち目になったのは盗人に入られたせいではないかと根岸が推測した。そして、店が水の近くだったこともあり、〈早船権蔵〉の仕事を疑ったのだった。

「ええ。うちにいた喜助《きすけ》です。間違いありません。あいつ、田舎に帰るとか言っておいて、海産物問屋で働いていたのか」

この言葉を聞いて、辰五郎たちはすぐに根岸に報せた。

「やはり、そうだったか」

と、根岸は笑った。

肥後屋の手代として入り込んでいた喜助とやらは、いま、荒海屋の手代の平八になっていた。渡し船が転覆したときは、自力で逃げ切れずに助けられてしまい、その場しのぎに若右衛門を名乗った。

「肥後屋のやつ、自分も後ろめたいことだらけだから、泥棒に入られても奉行所に報せることさえできなかったのですね」

辰五郎は呆れたように言った。

「お奉行。正月にでも押し込むつもりでしょうか。お屠蘇で寝込んでいるのを見計らって」

と、栗田が訊いた。

「おそらくな。いちおう、今夜からでも見張りをつけることにしよう」

「荒海屋の身代なら千両どころじゃありませんね」

「ああ、おそらくその十倍はいただくつもりだろうな。それで、二代目の早船権蔵は同業の有力者を蹴落とすばかりか、押しも押されもせぬ大店にのし上がろうという魂胆なのさ」

四

お船手組の若者二人には、年が明けるときっといいこともあるからと、そう言った。事情がわかったので、免許のことも考えると。

二人は嬉しそうに帰って行った。

久兵衛はすぐに南町奉行所に向かった。

根岸にはすぐに会えた。

「たいへんな話が入って来た」

と、久兵衛はめずらしく、おおげさな言い方をした。

「なんだ、なんだ？」

「例のお船手組の若者たちがまたやって来て、話しているうちに、あいつらが渡し船に船をぶつけたことや、それを計画したのが古川克蔵という同心であると語ったのだ」

「うむ」

古川の名は、すでにお英《えい》を通じて入っている。だが、船をお船手組の者が動かしたというのは初耳である。

「それだけでない。今日、大晦日だというのに、あいつらはまた、怪しげな仕事に駆り出されるのだそうだ」

「今日か。大晦日か」

と、根岸は言って、慌ただしく人を呼びはじめた。

栗田次郎左衛門《じろうざえもん》は、荒海屋にもぐり込む前に、ちょっとだけ八丁堀の役宅にもどった。

「大晦日だというのに悪いんだが、うまく行けば除夜の鐘が鳴り終わるころにはもどって来れると思う」

栗田がそう言うと、

「お前さま。町方の同心に大晦日も元日もありませんでしょ。そんなことは気にせず、しっかりやってきてください。それより、腹巻きはしっかり締めてください。身を守ることだけは忘れないで」

雪乃《ゆきの》はそう言った。

搗き立てという餅を一つだけ食べて引き返したら、町内の八百屋のおかみさんとばったり会った。

雪乃と同じような、大きなお腹をしている。

「なんでえ、またできたのかい？」

このおかみさんはのべつ子どもができているような気がする。

「七人目なんですけど、今度のは元気で、暴れるんですよ」

「いつ生まれるんだい？」

「あとふた月ほどって言われてます」

「じゃあ、うちのといっしょだ」

「あ、また暴れてる」

と、お腹を押さえた。

「おかみさん。頼みがあるんだ」

「なんでしょう？」

「ちっと、その動いてるのを触らせてもらえねえかな。うちのと同じかどうか確かめたいんだ」

「ああ、かまいませんよ。同心さまに撫でてもらったら、いい子になってくれそうですのでね」

栗田はそっと手を当てた。

ぐいっ。

と、動いた。ぐいぐいぐいっ。

「ほう」

栗田の顔がほころんだ。同じだった。雪乃のお腹の感触とまるっきり同じだった。

「これは、足なのかね？」

「足なんでしょうね。もう、歩きたいって言ってるんでしょうかね」

「おいら、うちのやつの腹を触ったら、なんかびっくりしちまって。腹の中で醜い顔した仙人が、棒で突いているような気がしてさ」

栗田がそう言うと、おかみさんは大きな声で言った。

「あっはっは。大丈夫ですよ。うちにも醜い顔した仙人なんて一人も生まれていませんから」


坂巻弥三郎は、神楽坂の急な坂を駆けるようにして登った。

今日はたぶん大捕り物になる。しかも夕方ごろには大八車に積まれた荷物の中に栗田とともに隠れて、荒海屋の中に入る。そこで二代目〈早船権蔵〉一味を待ち受けることになるのだ。

その前に、一刻だけ暇をもらった。

おゆうと会う以外に何かしたいことはなかった。とにかく一目だけでも会いたかった。

互いに近況を語って、何か力仕事のようなものがあったらそれを手伝って、正月の品でまだ買ってないものがあればそれを買ってあげたい。そんなことで時間はあっという間になくなってしまう。

だから、坂道などをたらたら登っているわけにはいかない。

さすがに息を切らしながら、おゆうの店の前まで来た。

——ん？

店は閉まっていた。

閉じられた戸に貼り紙があった。

店を畳むことにしました。

短いあいだでしたが、お世話になりました。

見覚えのあるおゆうの字だった。角ばったところがあり、おゆうの人柄とは違う感じで、微笑ましく思った記憶もある。

信じられなかった。どういうことなのだろう。何があったのだろう。まったくの寝耳に水のできごとだった。

愕然として立ち尽くしていると、後ろから声がかかった。

「おゆうさんの知り合いですか？」

「ええ」

「もしかして、坂巻さま」

女は坂巻を上から下まで見て、訊いた。

まだ若いが、いかにも長屋のおかみさんふうの女である。下腹が太くなっているが、子どもでもいるのか、単に肥っているのかわからない。

「そうです」

「ああ。よく名前は聞いてました」

「おゆうさん、どうしたんです？」

「あんまり流行らなかったので、店を畳んでしまったんですよ」

「流行らなかった？　そんなに客が来てなかったのですか？」

「そう。今月なんか、一日に一人も客が来ない日が何日もあったって」

「そうなのですか」

まるで知らなかった。そういえば、自分が来たときも、店が混雑しているのは見たことがなかった。

「とても年を越せそうもないので畳むことにしたって」

「……」

だとしたら、どんなに不安で、おぼつかない気持ちだっただろう。それなのに相談に乗ってやることもできなかった。

悲痛な気持ちで立っているのもつらいほどだった。

「いつ、いなくなったんですか？」

「三日前ですよ」

「これからどうすると言ってました？」

「まだ、決めていないって。伊豆の山に帰れば食べていくくらいはできると言ってたことはありましたけどね」

「伊豆の山に……」

だが、家族で過ごしたところにはもう誰もいなければ、家だって残っていないはずである。

いなくなって三日も経っているということは、わたしのところにも挨拶に来るつもりはなかったのだろう。何も気がつかない鈍感な男に愛想をつかしたのかもしれない。

思えば、それがいちばんの衝撃であり、坂巻は強く打ちのめされた。

五

渡し船の転覆のほとんどのことが明らかになりつつあった。

渡し船に乗っていたのは九人。そのうち一人だけ、まだ身元のわからない犠牲者がいるが、あとはすべてわかった。

死んだのは、次の四人。

仙蔵の孫の仙太。

東海屋の手代で、あるじこと二代目早船権蔵の手下だった音松。

浦賀奉行所与力で、おそらく揉め事の仲裁役となるはずだった佐久間《さくま》周吾《しゅうご》。

そして、身元のわからない男。

助かって現場に残ったのは、三人。

佃島の漁師の安治《やすじ》。

竹細工職人の益吉《ますきち》。この二人だけは、事件とはまったく関係がなかった。

もう一人は、若右衛門を名乗った荒海屋の手代の平八だった。

助かったが、現場から逃げ去ったのが二人。

お船手組の古川克蔵。

仙太のいとこの鮫二。

以上の九人である。

唯一、身元がわからないのは、傷のない町人だった。歳は根岸とほぼ同じくらいだったろう。

江戸八百八町の番屋から二ケタに及ぶ行方のわからない者の報告が来ていた。一人ずつ当たれば、あるいは該当する者が出るかもしれない。

だが、いまはそれどころではなかった。

根岸はふと、〈早船権蔵〉の一味のことを思った。権蔵こと仙蔵には二人の子分がいた。

二人の子分も十年のあいだはなりをひそめていたが、この一年、慌ただしく仕事を再開した。

これには、もう仙蔵は関わってはいなかった。

ただ、仙蔵は子分たちのしわざではないかという疑いは持っていたのではないか。

子分の一人が、東海屋のあるじだった。このところ急激にのしてきた海産物問屋である。

東海屋のあるじの過去についても、訊き込みをはじめさせている。だが、そうそうすぐにはわからないだろう。

もう一人の子分も、行動をともにしたかもしれない。

だが、今度の早船権蔵一味にはちぐはぐなところが感じられた。仲間割れのようなことが起きていたのではないか。そうなったとき、もう一人の子分は仙蔵と連絡を取ろうとは思わなかったか。

根岸は急いで梅次を佃島に向かわせ、仙蔵の葬儀に来た者たちと、置いていった香典を調べさせた。

仙蔵の息子が知らない者も数人いたが、一人、多額の香典を置いて行った者がいた。それは、〈丑吉《うしきち》〉という名の男だった。

根岸は、八百八町の番屋から来ていた行方不明の男たちに丑吉がいるか確かめさせた。

一人いた。深川大島町《おおじまちょう》の魚屋の丑吉。小さいながらも店を持ち、地道な商売をしていた六十過ぎの男が、今月の中ごろから姿を消していた。

身元のわからなかった男は、この丑吉に間違いなさそうだった。

「あとは、鮫二が現われるかどうかだな」

と、根岸は口に出して言った。

根岸は、向井将監と会っていた。

じつは、この将監、すでに現役ではない。つい先日の二十四日に退任して、息子の向井正直《まさなお》があとを継いでいた。

根岸のほうからは、まだ上層部に正式な報告を上げていない。松平定信だけに、お船手組の者がからんでいると告げただけである。

お船手組は若年寄支配であり、若年寄の一人に定信の懐刀《ふところがたな》とも言える堀田正敦《ほったまさあつ》がいる。

もしかしたら、その筋を通して、責任を負うかたちをあらかじめつくっておいたのかもしれなかった。

「お船手組も、佃島の漁師に与えられたであろうお墨付きのことはご存じなのであろう」

と、根岸は言った。

「さあ、噂のように聞くだけで、そのお墨付きとやらを見たことがないので」

「見てはいなくても、そうした話は代々、伝えられてきたのですな」

「……」

向井将監はうつむいて答えない。だが、知っているのは明らかだった。

それは家康の感謝状のようなものだったのだろう。もしかしたら、いまはもうなくなっているのかもしれない。聞けば、佃島も何度か火事や津波に襲われ、いまある家はすべて、何度か建て替えられたものであるらしい。

だが、向井家ではその存在を知っていた。そして、お船手組の連中もこの噂は聞いていたのだ。真偽は定かではないにせよ。

「それがどこかで佃島の漁師たちへの憎しみになっていった。同じように、佃島の漁師の一部に、お船手組に対する競争心のようなものがある。今度の事件の根っこにあるのはそういう長いあいだのしこりみたいなものだったのです」

「漁師ごときが」

と、向井は呻《うめ》いた。

すでに語るに落ちている。

「そうしたこともあって、こちらの古川克蔵と、佃島の漁師の仙蔵との争いがこじれた。しかし、古川克蔵と仙蔵にはもう一つ、別の争いも加わっていた」

「別の争いですと？」

古川が関わっているのは向井も薄々は気づいているのだ。あとは、できるだけ内密に済ませたいのだろう。

「仙蔵は、昔から、〈早船権蔵〉と呼ばれた盗人で、お船手組などの支援を背景に、のし上がった新興の大店に復讐をしていた」

「早船権蔵」

「だが、仙蔵は十年前あたりから、そうしたことはやめていた。二人の子分にもたっぷり手切れ金を渡して。ところが、子分の一人がもっと金が欲しくなり、今年になって権蔵の手口を真似て、押し込みを始めた。その二代目の権蔵は、お船手組の古川克蔵と結びつき、盗んだ金を資本に大店へとのし上がろうとしている。その店が、東海屋というところです」

「なんと」

「古川の処罰はお船手組におまかせすることになるだろう。そのことをお伝えしておこうと思ってな」

「そうでしたか」

向井将監は力なく首を垂れた。

六

「ほんとに今日、やるのか？」

と、古川克蔵は訊いた。

「やりますとも。古川さんはおやめになるんで？」

うなずいたのは東海屋のあるじである。古川は元の名も知っていた。又八という早船権蔵一味の盗人だった。いまは、いわば二代目の〈早船権蔵〉である。

ここは木挽町の河岸沿いにあるそば屋の二階である。

そばを肴に、軽く一杯やっている。大晦日ともなると、そんな客はほかにもちらほらといた。

「いや。わしもやるよ」

「手伝っていただかなくとも、なんとかなるかもしれませんが」

万が一、逃げるところを追いかけられることになったら、古川たちが逃亡を助けるのだ。このあいだのように、替わりに追いかけるのを引き受け、まんまと逃がしてやるのもいい。あるいは、数人の追っ手なら、古川自身が始末してしまうかもしれない。

「やると言ってるだろうが。なんだか追いつめられているような気がするのでな」

と、古川は言った。

お英が消えたままなのが気がかりだった。

あのとき、お英を助けた男は何者だったのか。

「大金をもらって、わしは上方あたりに消える。お船手組にはうんざりした。奉行にもうんざりだし、だらしのねえ船手組も嫌だ」

「ま、一生、贅沢できるくらいの金はお渡ししますのでね」

「ああ。おめえの面倒はずいぶん見てきたからな」

「感謝してますって、旦那には」

と、又八は言った。

「それはどうだか」

古川は斜めの笑みを浮かべた。

初代の権蔵といっしょにやった最後の盗みで、又八はちょうど近くにいたお船手組の古川克蔵に顔を見られた。

古川はしつこい男で、ついに又八の居場所を突き止めた。しかも、利にさといというか、奉行所になど届けても一文にもならないことを知っている。脅して金を引き出す道を選んだ。

しかも、この男はずる賢いことに、又八からすべて剝ぎ取って、最後に自棄《やけ》を起こさせる道ではなく、悪党同士の共存の道を選んだのである。

「おれたち渡し船の件ではしくじったんでしょうか？」

と、又八が言った。

「どうかな。予想したなりゆきとは違ったがな」

「ええ。佃島の若造どもの誘いに乗ってしまったのかもしれませんよ」

「ううむ。どうかな」

古川は首をかしげた。たしかに、古川たちが仙蔵を殺したあと、手打ちなどと言ってきたのは、あの佃島の若造たちだった。

それを受けて、古川と又八はこんなやりとりをしたのだった。

「爺いの葬儀に出てくれたら水に流すと。そうでなきゃ、奉行所に訴えて出るとほざいている」

「証拠などないでしょうよ」

「証拠はないが、騒がれるとしばらく互いの便宜を図りにくくなるぞ」

「たしかに。うるさいのは誰なんです？」

「いちばんうるさかったのは爺いだったが、孫の仙太というのと、もう一人、若いので鮫二というのが口も達者だし、胆っ玉も太い」

「そいつらを片づければいいんでしょ」

「だが、あいつらは爺いみたいにはいかぬぞ」

「そうでしょうね。それで、葬儀には行くんですか？」

「行く」

「やられますぜ？」

「そこを逆にやり返すのさ」

「いい度胸ですね」

「もちろんお前たちに助けてもらうさ」

「わかりました。で、葬儀の場で狙われるのですか？」

「それはないだろう。帰りの船だろうな」

「そこを返り討ちですね」

そんなやりとりのあとで、渡し船の殺しが決行されたのだった。

ことはうまく運んだはずだが、予想していなかったこともあった。話をまとめてもらうというので、若い漁師たちが浦賀奉行所の与力を呼ぶなんてことは思ってもみなかった。

佃島の漁師と、浦賀奉行所というのは、向井家のお船手組に対して、なにか対抗心のようなものがあって、そんなつながりもあるのかもしれなかった。もともと向井家は浦賀に領地があったが、船手頭となって江戸に動いたのである。海に縁の深い古い豪族たちの確執となると、古川にもわからないことは多い。

結局、仲裁を買って出た浦賀の与力も始末したため、そのあたりの筋から糸がつながってきたのか——古川はそう思った。

根岸肥前守というのは、大耳の綽名どおりにいろんなところに網を張っているらしかった。

「どうしました、古川さん」

と、又八が訊いた。

「なあに、どうってこたあねえ」

「急に元気がなくなりましたぜ」

「考えごとだ。なあ、又八。おめえ、悪党になっちまったことが悲しいと思うときがあるかい？」

と、古川は訊いた。

「ああ、ありますねえ」

又八は真剣な顔になってうなずいた。

「どんなときだ？」

「むかし、いっしょになって悪さをしていたヤツが、いつの間にか真面目な堅気になっていて、なんだか幸せそうにしているのを見るときです」

「ほう。なんとなくわかる気がするな」

「おれにもあっちの道があったのになって思うんですよ」

「じっさい、そうだろう？」

「どうですかねえ。やり直したところで、また悪党の道を歩いたような気もしますがね」

「それはどうかな」

「旦那もあるんですか？　悲しいときが？」

「あるよ」

「へえ、あるんですか？　どんなときで？」

又八は驚いた顔で訊いた。

「わしは善人だのを見ると、ムカムカしてくるんだ。さらに、善人でもねえくせに、適当に調子を合わせてうまくやっている野郎を見ると、もっとムカムカする。手当たり次第にぶった斬ってやろうかと思ったりもする。だがな、仏のことを思うと悲しくなるんだ」

照れたような口調で古川は言った。

「仏って、死んだ人のことですか？」

「そっちじゃねえ。阿弥陀さまだのお釈迦さまだの菩薩さまだのだよ」

「……」

又八は本気なのかと疑うような顔で古川を見た。

「なんだ、その顔は？」

「いえ。信じてるんで？」

「当たり前だろうが」

「え？」

「仏はいるに決まってるだろうが」

「どこに？」

「どこにというのは難しい。人間が見られないところにいるからな。だが、おられるのを感じないのか、お前？」

「ええ」

又八は、居直ったような口調で言った。

「そうか。わしは子どものころからよく感じたがな」

「でも、おれたちは仏なんかいるとまずいんじゃねえですか？」

「なぜ？」

「バチが当たりますぜ。どーんと、でっかいのが」

「当ててもらいたいと思うことがあるんだよ。そういうときが悲しいのさ」

古川がそう言うと、又八は答えずに立ち上がって、

「さて、おれはいまから、早船権蔵だ。旦那の弱気には付き合っちゃいられませんや」

と、言った。

七

「そこは、くれぐれもいつも通りにな」

と、根岸は荒海屋のあるじ安右衛門《やすえもん》に言った。

安右衛門は、手代ふうに身を整えた宮益坂の久助によって、通り沿いにある油屋の〈喜多屋〉に呼び出されていた。ここのあるじは、根岸とは旧知の間柄である。

根岸もまた、町人ふうに髷を整え、売掛金を請求する札差のような面持ちになっ

て、先に入っていた。

根岸自ら、今宵、早船権蔵一味が荒海屋を襲う計画があること、さらに手下の一人が手代の平八となって一年ほど前から入っていることなどを告げた。

荒海屋の安右衛門はさすがに大きな商売などで鍛え上げてきたこともあり、ほとんど動揺を見せずに根岸の話を聞いた。

「荒っぽいやつらだが、押し入るのは四、五人といったところだろう。平八はおそらく、そのまましばらくは荒海屋に残る魂胆だと思う」

東海屋は店ぐるみ悪党の巣窟というわけではない。悪事に関わっているのは、あるじと番頭、手代の数人だけである。そうしないと、秘密の保持が難しい。

「あの男が……」

安右衛門が悔しそうな顔をした。かなりの信頼を得てきているのだ。

「中からかんぬきを外すのも平八だろうが、表通りからは入るまい。開けるのは、掘割にも通じる裏口になると思う。ほかに、出入りしそうなところや、こじ開けられそうなところはあるか？」

「いえ。ほかはありません」

安右衛門は店の構えを思い浮かべたような目をして、首を横に振った。

「やつらが蔵の合い鍵をすでに準備できているかどうかわからぬ。まだないときは、まずそなたの寝間に押し入り、家族を脅したりして合い鍵を出させる。それから蔵を破る。金の入った蔵は一つだけだな？」

「はい。母屋の裏手につながった蔵だけです」

「いくら置いてある？」

「うっ」

根岸が訊くと、さすがに安右衛門は言うのをためらったようすである。

「そなたの店の身上《しんしょう》や内情が知りたいのではない。やつらがどれくらいの時間を見込んでいるのかが知りたいのだ」

「はい。いまは三万二千両ほど」

さすがに大店である。

「千両箱が三十二箱か。動かすだけでも大変だ」

「はい。必死の商いで積み上げてきた金ですので、そう軽々と持っていかれてはたまりません」

安右衛門は冗談のように笑った。

「うむ。こんなときに笑えるだけでもたいしたものだ」

「いえ。笑うしかありません」

「すると、やはりいったん裏口の前まで集め、それから舟に移し、整い次第に出していく。舟は三艘といったところだな」

「重いですから、小舟一艘では足りないでしょうね」

と、安右衛門はうなずいた。

「ついては、まず荷物を装って奉行所の者を二人、あらかじめ中に入れておきたいのだ」

「二人だけですか？」

「あまり大勢入れると、平八や外の見張りに気づかれる恐れもある。そのかわり、一騎当千の腕の立つ者を入れる」

「ありがとうございます」

「荷物の中に入ったまま、裏口を見張ることができるような場所はあるか？」

「なるほど。ございます。荷車から下ろしたものを、店頭に出すもの、すぐに配達するもの、いったん蔵にしまうものなどに分ける前に、まず裏口ちかくの荷物置き場に並べます。ただ、そこは広いので……わかりました。わたしが、見張るのにいちばんいいところに置くよう指図します」

「頼む。荷車などはこっちで手配しておく」

五郎蔵に頼むつもりである。

「このことは、わたし一人の胸に置くべきなのでしょうか？」

「そうしてもらいたい。家族にも言わないでくれ」

「家族にも」

安右衛門は不安そうな顔をした。歳は四十前後だから、まだ年端のいかぬ子もいたりするのだろう。

「むしろ、そのほうが安全なのじゃ」

「騒ぎが始まったら、押入れにでも隠します」

「そうだな」

「奉行所からはどれくらいの人が出張っていただけるのでしょうか？」

「うむ。なにせ大晦日というのは特別な日なのでな、奉行所でも総出で警戒の態勢を取る。そのため、荒海屋だけに多くを回すことはできぬのだが、二十人ほどでそなたの店を取り巻く」

「二十人ですか」

すこし心許ない気がしたらしい。

「捕り物は多ければ多いほどいいとは限らぬのだ。それに、わしも直接、出張る」

「根岸さまが！」

ようやくほっとしたような顔になった。

「権蔵が舟で逃げようとするのは明らかで、できれば乗り込む前に全員捕えたい。

だが、たとえ逃げても手配は済んでいるので、安心してくれ」

「わかりました」

荒海屋安右衛門は、ふだんの顔にもどって、店に引き返した。

栗田と坂巻が入っているのは、木箱といっても竹でつくられた葛籠《つづら》を大きくしたようなものである。ふだんは何を入れるためにつくられたのかわからないが、息苦しくないだろうと、五郎蔵が準備してくれたらしい。

店仕舞いする少し前に運び込まれた。

大晦日の江戸の商家は慌ただしい。手代や小僧たちが集金に駆けずりまわった。どうにか売り掛け金を回収し、へとへとになって店に帰って来る。

今宵はいつもよりごちそうだし、手代には酒、小僧には甘いものがたっぷりふるまわれるだろう。

明日の元日は、店はもちろん休みである。昼近くまでゆっくり眠ることができるはずだった。

そのため、皆が夜更かしとなる。寝静まるのは子の刻（午前零時ごろ）ほどになってからだろう。まだ、あと一刻ほどありそうである。

葛籠のような箱は、隙間もあるから話もできた。

「おゆうさんがいなくなっただと！」

栗田が坂巻の告白に驚いた。

「ああ、親しくしていた近所の人にも行き先ははっきり告げていないのだ」

「どうして？」

「店はまったく流行らず、暮らしが立ち行かなくなっていたそうだ。わたしは相談に乗ってあげることもできなかった……」

「聞いたからといって、どうすることもできねえだろう」

「その甲斐性のなさがまた、情けなくてな」

「どうするんだ、諦めるのか？」

「諦めるものか。捜すさ。この仕事が終わったら、伊豆に行ってみるつもりだ」

「そうか。お船手組のお英ちゃんは、お前に気があるみたいだったがな」

「馬鹿言え」

坂巻がそう言ったとき、奥でかすかな音がした。

「おい、もう来たぜ」

「早いな」

二人は息をひそめた。

平八が小さなろうそくを手に現われた。

置き場のあたりがうっすらと明るくなった。

この明かりがいちばん問題になるのだ。

栗田と坂巻が飛び出すと同時に、おそらくやつらは火を消し、歯向かおうとするよりは、逃亡を図ろうとする。そのとき、真っ暗になる。

もちろん、外は外で大晦日だから月はない。向こうも真っ暗である。

下手すると、漆黒の闇の中で手探りで敵と向かい合うことになる。これがいちばん恐い。

むろん、そのあたりは考慮の上である。

栗田がまず動き、敵を牽制すると同時に、坂巻は明かりの確保に努める。すなわち、懐に準備してある火種からやはり準備してきた五本の太いろうそくに火をつける。これをわきに置くなり、手に持つなりして、敵の動きがわかるようにしなければならない。

同時に、外も同じようなことをする。栗田が中で上げる大声を合図に、周囲を囲んだ奉行所の捕り方は、いっせいに火種から提灯のろうそくを点け、荒海屋の周りを明るく照らし出す手はずだった。

平八は置き場の真ん中に立ち、しばらく耳を澄ましている。

それから、出入り口の前にしゃがみ込み、かんぬきを外した。

戸を開け、外をじっと窺っている。すると、近くに隠れていたらしい男たちが駆けて来る足音がした。

四人の男たちが、次々に中に入って来た。平八がふたたびかんぬきを閉めた。

「安右衛門は？」

と、東海屋のあるじが平八に訊いた。こいつが二代目の早船権蔵である。

「二階に上がりました。通いの手代は皆、引き上げました」

住み込みの手代と小僧たちは別棟で寝る。母屋にいるのは、女中が三人と、二階のあるじの家族だけである。

「じゃあ、二階に行くか」

早船権蔵が言った。

外のどこかで拍子木が三つ鳴った。これは、もう外には怪しい者は見当たらないという合図である。

さらに拍子木が四つ鳴った。中に入ったのは四人だと教えてくれたのだ。平八と合わせて五人。

「揃ったな」

と、栗田が囁いた。

「ああ」

「行くぜ」

五人が置き場にいるうちに、栗田は立ち上がった。木箱の蓋はすぐ開くように、掛けてあった縄もすぐ千切れるようになっている。それでも、音は置き場の中に響き渡った。

「待ってたぜ、早船権蔵さんよ」

と、栗田が言った。

「げっ」

「てめえ」

みな、それぞれ武器を持っている。長ドスを手にした二人が栗田に対して身構えたが、平八はすぐに提灯の火を消した。

置き場は漆黒の闇に塗り潰された。上下左右さえわからなくなる。こうなると、とても動けるものではない。

ばたばたと音がしている。早船権蔵が逃げようとしているのだろう。

「お頭。こちらに」

と、平八が奥へ案内する声もした。

「待て。盗人ども」

栗田は大声を上げたが動けない。

「坂巻、まだか」

「もう少し」

箱の中で火種の懐炉を落とした。手探りで拾い上げようとしている。

ようやく摑んで、蓋を開け、ろうそくの芯を点ける。

ぽっ。

と、火が点った。かぼそい火だが、それでも刀を振り回すには充分である。

「まだ、待て。栗田」

もう一本、点し、それを提灯に入れた。裸ろうそくを持ち歩いても、すぐに消えてしまう。

「これでいい」

栗田は提灯を持ち、平八が逃げたほうへ向かう。

坂巻も自分の分の提灯を点け、さらに平八が閉めていたかんぬきを外し、外の捕り方たちに向けて提灯を回した。

周囲はすでに、「御用」と書かれた提灯が取り巻いている。そのうちから辰五郎も入れて小者五人ほどがこっちに駆けてきた。

同じころ——。

近くの堀では鮫二が出現した。

古川克蔵を殺すためである。

海の忍者は凄い。寒さに耐え、水中から船の上へと躍り上がった。

物音に気づき、古川はすぐにこっちを見た。

「てめえ、古川」

寒さと怒りで鮫二の声が震えた。

「佃のガキか。やっと出てきてくれたかい。ずっと待ってたんだぜ」

「待ってたのかい。逢いびきの女じゃあるめえし、捜せよ。もっともいまのお船手組には人ひとり捜す力もありゃしねえんだよな」

鮫二はそう言って、背中につけていた武器を取った。

それは銛だった。

そのとき、声がした。

「よせ、鮫二」

声がしたのは、わきに係留されていた船の上だった。

男が二人立った。久助と梅次だった。二人とも十手をかざしていた。

「なんだ、岡っ引きじゃないか」

と、古川克蔵が言った。古川も内心、思わぬところから声がして、驚いていた。

「まあ、古川さんは引っ込んでいておくんなせえ」

と、久助が言った。

「なんだと」

「それより鮫二。無駄に罪なんざ犯さなくていい。おめえの気持ちはわかるぜ。仙蔵爺さんのかたきを討ちてえんだろ。それは奉行所にまかせるんだ」

「仙蔵爺ちゃんだけじゃねえ。仙太のかたきも取ってあげなくちゃならねえ」

鮫二は怒鳴るように言った。

「渡し船で東海屋の手代が死んでいただろう。あれでかたきは取ったんじゃねえのか」

「違うよ。あれは仙太が襲われながらも相討ちみたいに倒したんだ。仙太はこの卑怯な野郎に殺されたのさ」

「だったら、おめえはまだ一人も手にかけてはいねえだろう」

「だから、こいつをおいらの手で葬るんだよ」

「それじゃあ、なおさらだ。鮫二、よせ。お奉行さまはおめえのことをわかってくださっている。こいつは町方にまかせるんだ」

久助が言った。

「ごちゃごちゃ訳のわからねえことをぬかしてるなら、かかってこいよ」

古川はそう言って、刀を抜いた。

「てめえ」

鮫二が銛を放った。

「うおっ」

古川は身を除けながら、それを刀で払うようにした。

かきーん。

と、音がして、銛は古川の後ろの海に突き刺さっていった。ぎりぎりでかわされた。

「くそぉ」

鮫二が呻いた。

「このガキが」

古川が刀をふりかぶって鮫二に近づいたとき、
びしっ。

と、古川の頬につぶてが当たった。

思わず目がくらむほどの痛みだった。

「もう一発だ」

投げたのは梅次だった。

今度のは胸の中ほどに当たった。痛みはさほどでもなさそうだが、古川に動揺をもたらしたのはわかった。

「木崎、高松。きさまら、手助けくらいはしろ！」

と、古川は、船の隅で立ち尽くしていたお船手組の若者二人を怒鳴った。

「お断りします」

「なに」

「古川さまの仕事はお断りさせてもらいます」

「きさまら」

古川が若い者のほうに刀を向けたとき、梅次が投げた十手と紐がその腕にからみついてきた。

「くそっ」

断ち切ろうとすると、飛び移ってきた久助の六尺棒が、古川の首筋を強く打った。

八

栗田が提灯を片手に、権蔵が逃げたほうに向かうと、細い通路をふさぐように二人の男が待っていた。

ともに長ドスをこっちに向けて、しきりに突き出すようにしている。

「こらぁ」

「来るな」

二人とも気が狂ったように、突き出した長ドスを上下に振っている。

狭い通路で、栗田も横に回ったりできず、なかなか踏み込めそうもない。

その向こうでは、平八に連れられた権蔵が逃げて行くのが見えている。ただ、解せないのは、逃げた方向が家族のいる二階でも表店のほうでもなく、中庭のほうだったことだった。この店に入る前に、ここの見取り図を見せてもらっていた。出入り口は、表通りに面したほうと、堀沿いの道に出る裏通りのほうと、二つだけだった。そっちは行き止まりになるはずではなかったか。

「栗田、どうした？」

後ろから、坂巻が声をかけてきた。

「狭くて踏み込めねえのさ」

辰五郎たちも坂巻の後ろからやって来て、

「御用だ」

「御用だ」

と、叫びはじめた。

栗田はその捕り方たちに、

「おい、突く棒か差叉を貸してくれ」

と、声をかけた。どちらも先が二股みたいになった槍のようなものである。

差叉を借りると、突いてくる長ドスをはじきながら、顔に先をぶちかましてやる。

狭い通路だから、柄の長い武器は断然、有利で、いままで手こずっていたのが嘘のように簡単にねじ伏せてしまった。

二人の捕縛は捕り方の小者たちにまかせ、栗田は坂巻とともに、早船権蔵を追った。

連中が曲がったほうに行くと、やはりそこは中庭だった。

男が一人いた。刀を持っている。

「てやぁ」

と、栗田に斬りつけてきた。

左手で提灯を持っているため、右手一本で合わせようとしたが、はじかれる。すぐに一歩、後ろに下がったが、次の一振りは栗田の手元をかすめた。町人のなりだが、剣術の心得がある。元は浪人者あたりかもしれない。

「栗田。明かりは捨てろ」

坂巻が言った。坂巻のほうの提灯だけでも充分、戦える。

「おう。助かるぜ」

栗田は左手の提灯を相手に向かって放るようにした。

相手は思わずのけぞった。そこへ、栗田が思い切りよく飛び込む。八丁堀でも一、二を争う遣い手である。

峰に返していた剣で、手首と首筋の二カ所をすばやく叩くと、相手は剣を落とすと同時に腰から砕けて倒れた。

「権蔵がおらぬ」

「栗田。そっちだ」

と、坂巻が塀の上のほうを指差した。

石灯籠があり、わきに葉を落としたけやきの木がある。この二つを踏み台にすれば、塀の向こうの隣へ移って行ける。

「しまった」

栗田が呻いた。長ドスの二人にいささか手間取り過ぎたのだ。塀の向こうを、かすかな明かりが掘割のほうに動いているのがわかった。

「権蔵が逃げた！　隣の庭だ。掘割のほうへ！」

栗田は周囲の捕り方に聞こえるよう、精一杯の声で怒鳴った。

早船権蔵一味が乗って来た舟は、根岸が予想した通りに三艘だった。その三艘の近くにも捕り方を配置していた。

だが、権蔵はそこには来なかった。

半町ほど離れたあたりの岸辺に降りると、つないであった小舟に飛び乗った。

近くにいた捕り方二人が駆け寄ってきた。

「御用だ」

「御用だ」

「やかましいっ」

平八が懐から取り出した短刀を振り回しながら、捕り方に立ち向かった。

「お頭。早く逃げて！」

平八が喚いた。

「すまねえ、平八」

そう言って、権蔵は舟を漕ぎ始めた。

三艘の舟を見張っていた捕り方たちも駆け寄ってきた。これには根岸も混じっていた。すぐに平八は取り抑えられたが、権蔵はもう逃げている。

「お奉行。権蔵は？」

と、栗田が駆け寄ってきた。

「あっちだ。逃げた」

と、根岸が指差した。

「くそっ」

舟はずいぶん小さくなっている。

「大丈夫だ。これも想定していたことだ」

根岸がそう言ったとき、堀から声がかかった。

「根岸。あの舟だろう。追うぜ」

屋形船くらいの大きさの船がいて、五郎蔵が声をかけてきていた。

「おう。すまぬな」

根岸が栗田、坂巻とともにこの船に移った。

「よし、あの先の舟を追うぞ」

八丁櫓の船である。いくら舟足の速い猪牙舟でも、これならすぐに追いつくことができる。逃げられてしまった権蔵を追うため、根岸は五郎蔵に船を待機してもらっていたのだ。

権蔵の舟は築地川から大川へ向かっている。

「おい、根岸。前の舟も権蔵の舟を追ってるぜ」

「うむ。そうらしい」

乗っているのは、お船手組の若者らしい。二丁櫓の舟を二人で漕いでいる。古川に駆り出されて、舟に乗り込んでいたのは根岸自身が自分の目で確かめていた。それと、もう一人、後ろのほうに座っているのは梅次ではないか。

古川が捕縛されたのは、さっき見えていた。久助が後ろ手に縄を打っていた。武士であろうが、暴れている者は町方でも捕縛できるのだ。

どうやら、もののはずみのようなもので、あの三人がわきをすり抜けて逃げた権蔵を追いかけることになったらしい。

「これは意外ななりゆきだ」

と、根岸は面白そうに言った。

「なにがだ？」

と、五郎蔵が訊いた。

根岸は簡単にだが、真佐木久兵衛のところを訪ねたあの二人について語った。

「なるほど。そいつらがちったあ反省して、盗人を追いかけてるのか」

五郎蔵は少し馬鹿にしたように笑って言った。

「五郎蔵。できるだけ、あいつらに追いかけさせてくれぬか。あんたならたちまち追いついてしまうだろうがな」

と、根岸は言った。

「ああ、そんなことはお安い御用だ。それにしても、根岸……」

「ん？」

「あんたってやつは、つくづくやさしい男だよな」

と、五郎蔵は笑った。

五郎蔵の船はそれからわざと遅れてあとをつけることにした。

五郎蔵の前を行く舟には、梅次とお船手組の木崎と高松が乗っていた。

すでに権蔵の舟は築地川から大川に出て、さらにお浜御殿のわきから芝のほうへ向かっている。

「くそっ。あいつ、速いな」

「こっちは二丁櫓だっていうのに、まるで追いつけない」

二人はもう息を切らしている。

「おれたちはよほど駄目なのかな」

「だから、古川さんにも怒られてばかりだったんだろうが」

「古川さんが意地悪だったんじゃなくて、おれたちがひどすぎただけか」

「そうだったとしたら、がっかりだよ」

話したことで気が緩んだのか、すこし漕ぐ手が遅くなった。

「後ろから追いかけて来てないのか」

「来てるけど、向こうも遅いな」

「なんだよ。追い抜いてくれて構わないのにな」

「おれたちが追いかけつづけるしかないってことか」

漕ぐ手がまた忙しくなったが、船の速度はさほど速くなってはいない。

「もしかして、逃げる手伝いをするはずじゃなかったんですか？」

と、梅次は訊いた。

「そうみたいだ」

「何も知らないまま駆り出されたんだ」

「じゃあ、しょうがねえですね」

梅次は慰めるような調子で言った。

「でも、いいことをするとは思ってなかったよな」

「ああ。人に知られては困ることをするんだという感じはあったんだ」

「そうなんですか」

「だが、きっぱり断わる勇気はなかったな」

「おれもだ」

「そういう気持ち、わかりますよ」

と、梅次が言った。

「でも、お前は十手を預かって、一生懸命やってるじゃないか」

「そうだよ」

「預かったといっても、いろいろ恵まれていただけで、実力はまったくついてなかったんですよ」

それは梅次の実感である。

幼く見えるのを気にしているのも、実力がないのをわかっているからなのだ。

「いくつなんだ？」

と、木崎が訊いた。

「十九でさあ」

梅次が答えた。

「一つ上だ」

「同じようなもんだよ」

と、高松が言った。

「替わりますかい？」

梅次が見かねて訊いた。

「船、漕いだことは？」

「いや」

ないけれど、そう難しそうにも見えない。背は二人のほうが大きいが、腕力は自分のほうがあるような気がする。

「駄目だよ。おれたちにだって、意地というのはある。なあ、高松」

「ああ。こんなに必死になったのは、初めてかもしれない」

「お前もか。おれもだよ」

二人が嬉しそうな顔をしていたので梅次はまた腰を下ろした。

「じゃあ、野郎を捕まえるときは、おいらが舟に飛び移りますので」

二丁櫓の舟を必死で漕いでいた。

この寒いのに汗びっしょりである。

漕ぐたびに疲労もつのるが、微妙なコツもわかってきたらしい。

「むやみに漕ぐのじゃなく、調子を合わせるのが大事なんじゃないか」

「うん。そうだな」

「こうだよ、一、二、一、二」

「一、二、一、二」

二人は合わせることに注意を向けている。

やがて、調子が合ってきた。

「近づきましたぜ」

と、梅次が言った。

「ああ、確かに」

「この調子ですよ」

梅次も嬉しそうに言った。

「なあ、木崎。ここに宮原がいたらよかったのにな」

「それを言うなよ。つらくなってくるんだ」

木崎はそう言って、顔を伏せた。

「おれだっていっしょだ。あれ以来、申し訳なくて、お英さんとも顔を合わせることもできないでいるんだ」

高松も悔しげに唇を嚙んだ。

三浦半島が見えてきたころだった。陽はまだ姿を見せていないが、海の上はずいぶん明るくなっている。

「速度が落ちたぞ」

「よし、並びかけてください」

梅次はそう言って、舟の縁に立った。十手を右手に持ち、縄をたもとに入れた。

ついに若者たちの漕ぐ舟が、権蔵の舟に並んだ。

権蔵がこっちを見た。細い目が座ったようになって、梅次を睨んだ。凶悪な表情だが、顔色は悪かった。武器は手にしていない。さっき見たときは、帯の裏にも何もなかった。

「神妙にしやがれっ」

梅次はそう言って、権蔵の舟に飛んだ。

身体ごとぶつかるようにして権蔵を舟底に転がすと、十手で首を一度、叩いた。

「うっ」

と、呻くと、身体がぴくぴくと二度、震えた。すぐにうつ伏せにすると、たもとから取り出した縄で両手を縛った。なかなかうまく縛ることができず、最後はぐるぐる巻きのようなことになった。

「捕縛しました」

梅次は隣の舟で見ていた二人に向かって言った。

「うん」

「やったな」

二人の顔にあどけないと言えるくらいの歓喜の表情があらわれた。

そのとき、東の水平線に初日が姿を見せはじめていた。

この小説は当文庫のための書き下ろしです。

編集協力・メディアプレス

文春文庫

耳袋秘帖《みみぶくろひちょう》 佃島渡《つくだじまわた》し船《ぶね》殺人《さつじん》事件《じけん》

定価はカバーに表示してあります

2011年9月10日 第1刷

著 者 風《かぜ》野《の》真《ま》知《ち》雄《お》
発行者 村上和宏
発行所 株式会社 文藝春秋

東京都千代田区紀尾井町 3-23 〒102-8008
TEL 03・3265・1211
文藝春秋ホームページ http://www.bunshun.co.jp

落丁、乱丁本は、お手数ですが小社製作部宛お送り下さい。送料小社負担でお取替致します。

印刷・凸版印刷 製本・加藤製本

Printed in Japan
ISBN978-4-16-777906-1

浅田次郎
壬生《みぶ》義《ぎ》士伝《しでん》（上下）
「死にたぐねえから、人を斬るのす」——生活苦から南部藩を脱藩し、壬生《みぶ》浪と呼ばれた新選組の中にあって人の道を見失わなかった吉村貫一郎。その生涯と妻子の数奇な運命。（久世光彦）
あ-39-2

池波正太郎
鬼平犯科帳　全二十四巻
火付盗賊改方長官として江戸の町を守る長谷川平蔵。盗賊たちを切捨御免、容赦なく成敗する一方で、素顔は人間味あふれる人情家。池波正太郎が生んだ不朽の〈江戸のハードボイルド〉
い-4-52

宇江佐真理
さらば深川　髪結い伊三次捕物余話
伊三次と縒りを戻したお文に執着する伊勢屋忠兵衛。袖にされた意趣返しが事件を招き、お文の家は炎上した——。断ち切れぬしがらみ、名のりあえない母娘の切なさ……急展開の第三弾。
う-11-3

加藤　廣
信長の棺（上下）
消えた信長の遺骸、秀吉の中国大返し、桶狭間山の秘策——。丹波を訪れた太田牛一は、阿弥陀寺、本能寺、丹波を結ぶ〝闇の真相〟を知る。傑作長篇歴史ミステリー。（縄田一男）
か-39-1

北原亞以子
恋忘れ草
女浄瑠璃、手習いの師匠、料理屋の女将など江戸の町を彩るキャリアウーマンたちの心模様を描く直木賞受賞作。表題作の他、「恋風」「男の八分」「後姿」「恋知らず」など全六篇。（藤田昌司）
き-16-1

佐藤雅美
八州廻り桑山十兵衛
関八州の悪党者を取り締まる八州廻りの桑山十兵衛は男やもめ。事件を追って奔走するなか、十兵衛が行きついた、亡き妻の意外な密通相手、娘の真の父親とは——。（寺田　博）
さ-28-1

司馬遼太郎
竜馬がゆく（全八冊）
土佐の郷士の次男坊に生まれながら、ついには維新回天の立役者となった坂本竜馬の奇跡の生涯を、激動期に生きた多数の青春群像とともに大きなスケールで描く永遠の傑作青春小説。
し-1-67